Dies ist die Geschichte von zwei Freunden, die Strecken ihres Lebens zusammen gehen. Ihre Freundschaft beginnt in der Schulzeit der beiden, wo Edwin und Mario sich in ihrem gemeinsamen Anderssein von ihren Mitschülern abgrenzen. Und doch sind beide völlig verschiedene Charaktere. Edwin, der »Hansdampf in allen Gassen«, lässt sich von seinem Ehrgeiz treiben, zu weit, wie es manchmal scheint. Mario hingegen entwickelt sich konsequent: Er studiert Archäologie sowie Ur- und Frühgeschichte und versucht sich mehr oder weniger erfolgreich als Schriftsteller. Nach der Rückkehr von ausgedehnten Reisen an die Grenzen Europas, bei denen Edwin den Drogen verfällt, versuchen beide, Zugang zur Frankfurter Künstlerszene zu finden. Doch Edwin kann seine Zerrissenheit zwischen äußerem Erfolg und künstlerischem Schaffen aus innerem Antrieb nicht überwinden. Seine Spur verliert sich auf den Philippinen. Der Roman ist kunstvoll in wechselnden Erzählperspektiven aufgebaut, die von Tagebuchauszügen und Monologen der Protagonisten unterbrochen werden.

Thomas Maurenbrecher ist 1940 in Krefeld geboren. Nach dem Studium der Volkswirtschaftslehre mehrjährige kaufmännische und Lektoratstätigkeit. Danach Studium der Soziologie und Ethnologie in Deutschland und den USA, 1984 Promotion mit einer Arbeit über die Situation türkischer Arbeitsmigranten in Deutschland. Lehrauftrag an der Gesamthochschule Kassel. Sozialarbeit mit türkischen Gastarbeitern, später mit psychisch Kranken. Seit 1995 Arbeit als freier Schriftsteller in Bielefeld.

Thomas Maurenbrecher

Zwei Nasen im Wind

Roman

Dieses Buch erschien erstmals 1999
im Snayder Verlag, Paderborn

Der Allitera Verlag ist ein BoD™-Verlag der Buch & medi@ GmbH, München. Dieser Verlag publiziert ausschließlich Books on Demand in Zusammenarbeit mit der Books on Demand GmbH, Norderstedt, und dem Hamburger Buchgrossisten Libri. Die Bücher werden elektronisch gespeichert und auf Bestellung gedruckt, deshalb sind sie nie vergriffen. Books on Demand sind über den klassischen Buchhandel und Internet-Buchhandlungen zu beziehen.
Weitere Informationen über den Verlag und sein Programm unter:
www.allitera.de

März 2002
Allitera Verlag
Ein BoD™-Verlag der Buch & medi@ GmbH, München
© 2002 Thomas Maurenbrecher
Umschlaggestaltung: Kay Fretwurst
Herstellung: Books on Demand GmbH, Norderstedt
Printed in Germany ·ISBN 3-935877-27-7

*Also kam ich zur Welt, nackt
und blau ein Steinmetz,
an der Flucht mächtiger Gestade,
noch dunkler Ströme,
in Höhlen, vom Schwanz
düsterer Saurier gepeitscht,
und mich kostete es Mühe, mich zu finden,
mir Hände zu geben,
Augen, Finger, zu suchen
mein eigenes Blut,
und dann wurde meine Freude zum Bildnis:
meine eigene Gestalt, die ich nachschuf,
durch die Jahrhunderte schlagend in Stein.*

aus: Pablo Neruda, *Das blinde Standbild*

Vorwort

Dies ist der Bericht über eine Freundschaft. Eine Freundschaft, die von Jugend und Erwachsenwerden in Deutschland nach der Jahrhundertmitte, nach dem zweiten Großen Krieg handelt in einer Zeit, in der sich die Drachen schwanzschlagend vom unübersehbaren Gefechtsfeld zurückzogen, aber ihr Gestank noch über dem Land lag. Ich suche mir hier klar zu werden über meine Beziehung zu Edwin K.
Edwin lebt nicht mehr; er ist auf den Philippinen verschollen. Unter seltsamen Umständen verlor sich seine Spur. Ich glaube, dass wir uns meist mehr gebraucht als wirklich angezogen haben. Unsere Freundschaft hatte untergründig Kräfte der Abstoßung in sich, die ich mir zu Edwins Lebzeiten nie recht erklären konnte.

Ja, ich habe lange Zeit um dich getrauert, um dich, den ich schon viele Jahre früher aus den Augen verloren hatte! Doch jenen Vorwurf, der deine kühne Existenz mir gegenüber zu sein schien, den empfinde ich seither immer weniger. Bin ich damals kleinmütig gewesen? Ich will diesen Zusammenhängen nachgehen und uns beide nicht schonen.

Ich wähle diese Form, um Abstand herzustellen, Land zu gewinnen. Und ich hoffe, diese Arbeit nicht nur für mich allein zu leisten.

          Mario Südermann

1. Kapitel

Einige Wochen nach Schuljahresbeginn kam Edwin K. in unsere Klasse. Ich war damals schon gleichgültig geworden, hatte damit begonnen, mich gegenüber den anderen in der Klasse abzukapseln. Aus meiner Einsamkeit heraus betrachtete ich von diesem Tag an verstohlen Edwins klar geschnittenes Gesicht mit den tief liegenden blauen Augen, der scharfen Nase und dem vollen Mund, der einen leicht spöttischen Ausdruck zu haben schien. Seine Bewegungen waren leicht und federnd, er konnte auf andere zugehen und mischte sich in die Gespräche ein, ohne sich allerdings wirklich darauf einzulassen. Er machte auf mich den Eindruck einer instinktiven, für mich neuen Unabhängigkeit des Verhaltens, einer Unabhängigkeit, die ins Spielerische gehen konnte. Auf offene Auseinandersetzungen ließ sich Edwin K. nicht ein.

Die geistlichen Herren, die unsere Internatsschule in einem Tal im Schwäbischen leiteten, achteten darauf, dass wir Schüler uns mit einer gewissen sportlichen Härte an Seele und Verstand in die natur- und geisteswissenschaftlichen Grundlagen der Entfaltung der europäischen Kultur von den griechischen Anfängen an einarbeiteten und schließlich aufstiegen bis zur Gegenwart. Sie veranlassten uns, uns mit der Geschichte eines Europas, in dessen Mitte Deutschland mit seinen nicht besonders klaren Grenzen und Übergangsräumen zu anderen Ländern und Völkern lag, einzuarbeiten. Deutschland, Europa, Abendland – der Horizont eines christlichen Halbkontinents erstand vor uns, die wir mehr oder weniger ächzten und stöhnten, neugierig waren oder uns langweilten in der schulmeisterlichen Schönfärberei.

Der Lehrstoff reichte nicht viel weiter als bis zur Aufklärung, jedenfalls was die philosophisch-weltanschaulichen Grundlagen anging; für die geistlichen Herren hatte die Reformation kaum, die Aufklärung gar nicht stattgefunden. Soweit stand ihr Geist unter der Fuchtel der Gegenreformation. Jedoch war es der Schulleitung dank reichlich vorhandener scholastischer Prudentia gelungen, die Anerkennung der Privatschule als Gymnasium beim zuständigen Kultusministerium zu erstreiten.

Doch zurück zu uns. Ich hatte nicht gewagt, den Neuen anzusprechen. Eines Tages saß ich am frühen Nachmittag vor dem Klostertrakt, in dem unser, der Oberstufe, Studiersaal lag. Ich saß unter einer blühenden Kastanie und las in einem Bändchen mit einer Auswahl der Schriften Senecas. Immer wieder schaute ich davon auf, wie um das Gelesene langsam absinken und wieder auftauchen zu lassen. Da hörte ich plötzlich die Stimme des Neuen neben mir: »Kann ich mal sehen, was du da liest?«

Es zeigte sich, dass er sich ausführlich mit der stoischen Philosophie beschäftigt hatte, und ein langes, geradezu rauschhaftes Gespräch entspann sich. Wir suchten beide nach einer philosophisch begründeten Haltung, die uns die öde Schule mit ihren Bevormundungen leichter ertragen ließ und die unseren Abhängigkeitssinn befriedigte.

Das war der Beginn einer Beziehung, in der wir uns über unsere Isolierung hinweghalfen. Es war nicht so sehr eine von Gefühlen der Sympathie genährte Freundschaft oder eine geheime Rivalität, die uns gegenseitig anzog – wir zogen einander jeweils den anderen vor. Wir bestätigten uns gegenseitig in einer Durchhaltekraft, die zwischen Ermahnungen eben zum Durchhalten und einem wachsenden Sinn für die Absurdität dieses Lebens schwankte. Da waren das Programm, die Lehrer und all die angeblichen Selbstverständlichkeiten einer Schriftkultur, die die Schule als den Lernort für die höheren Kulturtechniken aufdrängten. Doch was hatte das alles mit den widerstreitenden Gefühlen in uns, dem Ekel und auch wieder der Lebenslust zu tun?

In den alten Sprachen verloren wir uns im Dickicht von *Consecutio periphrastica activa* und anderen Ungeheuern.

Caesar stocherte in Gallien herum, Cicero hielt Fensterreden, wenigstens Ovid funkelte. Die geilen Greise auf der Stadtmauer von Troja wurden kurz gestreift. Aber wir erfanden eine Gebärdensprache: An bestimmten Stellen wandte sich einer zum anderen, hob die rechte Hand zur Faust und imitierte mit der Linken rhythmische Hammerschläge. Wir wollten uns damit sagen: »Merkst du es auch, wieder eine Stelle, wo wir mit entschlossenen Meißelschlägen den Gips von der »Gipsantike« abschlagen müssten, den Gips, den diese vertrockneten Philologen mit ihren Erklärungen über das Leben, das die Alten geführt haben, aufgebracht haben!«

Krustenabschlagen nannten wir das. Ein bisschen Sappho, ein bisschen Aristophanes, die wir geheim lasen – da fanden wir schon mehr Witz und Geschmack am Leben. Pippin der Kleine und Karl der Kahle, darüber ließ sich prächtig feixen. Einige Renaissance-Päpste hatten nachweislich nicht überall die Kerze dazwischengehalten. Hannibals Bergsteiger-Elefanten, wie ist es euch auf den Alpenpässen ergangen? Der Kult der Zwerge reichte von den Höfen der Aztekenkönige bis zu denen der europäischen Duodezfürsten, wahrscheinlich stammen sie alle aus Liliput. Der Sonnenkönig war so stolz auf seine paar Taschentücher, dass er sie bei Empfängen überm Brokatrock auf der Schulter trug.

Woher kam die schwarze Mätresse unter Puschkins Vorfahren? Warum endete der Golem nicht auf dem Scheiterhaufen, obwohl doch so viele andere Seltsame in Europa verbrannt wurden? Wieso hatten die Engländer regelrechten Kriminellen wie beispielsweise Sir Francis Drake so hohe Posten gegeben, sie, die angeblich so früh die Grundregeln der modernen Demokratie geschaffen hatten? Warum wollte Luther gegen Ende seines Lebens die Bauern vierteilen lassen, wenn sie nicht untertänig genug waren?

Eine endlose Liste von Fragen, die Edwin und ich an den Schulstoff hatten: Das waren wohl unsere ersten Kunststücke als Gehirnakrobaten. Wir gefielen uns in der Pose der Skeptiker, wir suchten immerfort Gelegenheiten zum Feixen.

Wir hassten den Bierernst der Streber in der Klasse, aber wir fanden auch die rauen Späße und Keilereien der meisten unserer Kameraden fade. Jeder von uns hatte das Gefühl, nicht so ganz ausgefüllt zu sein, aber wir hatten auch keine konkreten Vorstellungen, was wir stattdessen tun wollten. Wir waren zu feige und zu sehr in Annehmlichkeiten großgeworden, um einfach weglaufen zu können wie Maxim Gorki zu seiner Zeit.

Wir waren Bürgersöhne, hatten auch nichts von dem zum Ausdruck drängenden Naturtalent des Bauernsohnes Constantin Brancusi, der nicht lesen und schreiben konnte, der aus handwerklich-dörflicher Tradition, dem ewigen Gleichklang irgendeines Dorfes in Rumänien fortlief bis nach Paris und der der rebellische Schüler des großen Auguste Rodin wurde.

Wir hatten nur die Möglichkeit, mit Einfallsreichtum und Verweigerung unser Überleben in einer Schule zu sichern, die uns ein Übermaß an Zivilisationsschliff aufdrängte. Wir hatten Mühe, uns unsere Unvoreingenommenheit nicht verschütten zu lassen.

»Kommst du mit, bei der Unicorn Hall den Berg rauf?« fragte ich Edwin. Das war die Einladung zu unseren weitausholenden Spaziergängen am Hangaufstieg, vorbei an den vielen sanften Mulden, zu einem weiten Blick über die Hügelketten. Unicorn Hall, so hatten wir den Alterssitz eines Engländers getauft, der angeblich früher als Hauptmann in der Indian Army gedient hatte und hier seit vielen Jahren morgens pünktlich den Union Jack hisste in seinem Ehrgeiz, vor seinem bescheidenen Berghof einen Rasen wie in Merry Old England zu habe. Wir sahen ihn oft an den Nachmittagen, wie er sich mit seinem schäbigen Handrasenmäher abmühte.

Edwin und ich konnten immer von neuem in hitzige Streitgespräche darüber geraten, ob es sich lohne, in dieser heruntergekommenen Zeit, die wir nach all dem Morden als eine Endzeit empfanden, kräftig seinen Teil beizutragen, oder ob man eher die beschauliche Haltung eines Weisen jugendlichen Alters anstreben solle. Ein Weiser würde es sein, der sich, fernab von den bekannten Formen der Religion, mit Philosophie und Kunst befasst, seine Schriften verfasst und den Menschen einen Rat erteilt. Ich, mit meiner schwächlichen

Gestalt und meiner notorischen Unsportlichkeit, versuchte, Edwin gegenüber den Abgeklärten zu spielen:

»Was ist denn noch zu tun, nachdem Sokrates seinerzeit in heiterer Gelassenheit den Schierlingsbecher nahm und die Welt seitdem das Wüten so vieler bedenkenloser Tyrannen gesehen hat?«

Die Sonne sank als ein blassroter Ball hinter die gegenüberliegenden Hänge, ließ die Schatten der borstigen Fichten und Tannen wachsen. Dunkelheit senkte sich langsam, wie ein Tuch, über den Horizont.

»Du bist zu vergrübelt, mein Lieber«, sagte Edwin, der mit seiner Rechten eine kleine abweisende Bewegung machte, in der seine Eleganz nur angedeutet lag.

»Natürlich hat es immer wieder Denker gegeben, die darauf hinwiesen, dass der Mensch dem Menschen ein Wolf sei, aber die Welt hat auch stets Dichter hervorgebracht, die mir Hoffnung geben: Hoffnung darauf, dass das Schöne ein mögliches Ende des Schreckens bedeutet. Nur kommt es auf dich und mich und jeden Einzelnen an, ob er in sich den Blick für das Schöne erweckt.«

»Das klingt mir ein bisschen mystisch. Da sehe ich eine Erweckungsbewegung«, erwiderte ich.

»Es ist nichts Sentimentales, Weltflüchtiges, was ich meine. Wenn es jetzt früher Morgen wäre, die Nebel in Fetzen zerstöben und dort drüben am Waldrand zwei, drei Rehe stünden, und du würdest die Leichtigkeit ihrer schlanken Körper, die Harmonie ihrer Bewegungen und der wiegenden Bewegung des Windes in den Baumkronen sehen, nein, empfinden, all dieses leise Ineinandergleiten des Verschiedenartigen – so etwas meine ich zum Beispiel. Die herrischen Gebärden der Soutanen und die einschüchternden Rituale von Extemporalien in Chemie und Latein und was weiß ich nicht alles, das macht dich bloß blind.«

Ich merkte, dass Edwin es darauf anlegte, mich zu beeindrucken, aber auch, dass ich etwas an ihm verspürte, was ich innere Weite nennen möchte. Eine Weite, die die Welt einschloss mit ihrer Alltäglichkeit und ihren bizarren Kämpfen, eine Kraft, die überall, an allen Kämpfen, bestehen konnte. Woran lag es denn nur, dass ich so viel verletzlicher war als er?

Als wir zurückkehrten, hörten wir schon von weitem das an- und abschwellende Gejohle vom Sportplatz, wenn wieder einer getroffen hatte, irgendein Lackel. Körperliche Ertüchtigung hieß das Schlüsselwort im Internatsprospekt, neben offenem Blick und freier Stirn, und wie das ganze Abrakadabra einer Flickwerkpädagogik hieß, die den gestelzten Tüchtigkeitsapostel im Auge hatte.

Die fantasierte Gegenwelt, das war etwa eine Kolonie von Holzhäusern eigener Bauart irgendwo in einer kleinen kalifornischen Wüste hinter der Küste, die mir ein Freund Jahre später zeigen sollte: »Those are the ones who haven't made it.« Damit meinte er die Wüstenbewohner.

Im Studiersaal, in dem wir mehrere Stunden am Nachmittag und mindestens eine nach dem Abendessen zu verbringen hatten, hatte man Edwin und mich weit auseinander gesetzt. Ich saß ganz hinten rechts beim fleischfarbenen Ölsockel an der Wand, verbarrikadiert hinter meinen Büchern auf dem Pultaufsatz. Ich konnte beobachten, wer heimlich zum Schnaps griff oder ausgiebig in der Nase bohrte. Das brachte ein bisschen Spannung in das Bild der kompaniemäßig an ihren Pulten angeordneten Schülerköpfe, die alle so scheinbar ergeben sich über Kladden, Wörter- und Lehrbücher beugten.

Gleichmäßig schwoll das Gemurmel des Dienst tuenden geistlichen Herrn mit dem römischen Dienstgrad »Präfekt« an und ab: Die Linke hatte er unter dem schwarzen, straff zu Boden fallenden Vorderlatz seiner Soutane verborgen, die Rechte hielt das in schwarzes Leder gebundene Brevier mit den verschiedenfarbigen Bändchen für die obligatorischen und die täglich wechselnden Gebete. So wanderte er die Gänge zwischen den Pultreihen entlang, sah auch wohl immer wieder auf, denn er kannte, glaube ich, die meisten Gebete längst auswendig. Man konnte nie einschätzen, inwieweit er den

Nachdruck aufs Beäugen, und inwieweit auf seine nach den Ordensregeln vorgeschriebene geistige Zucht legte. Ein Urbild des Tartuffe, wie Molières Haupt entsprungen.

Unser Tag war, ähnlich wie in Kasernen oder manchen Gewerbebetrieben, durch schrille elektrische Klingeln, die vermutlich im Zimmer des Direktors geschaltet wurden, eingeteilt: brr ... brr ... aufstehen, aufs Klo gehen, sich waschen, sich anziehen, frühes Studium oder die Heilige Messe ... brrr ... brrr ... frühstücken, Sachen packen, rein in die Klasse, und dann die verschiedenen Brrrs der kleineren oder größeren Pausen ... brrr ... brrr ... Mittagessen, Freizeit, rumhängen, ins Dorf gehen, hinter den Garagen eine rauchen ...brrr ... brrr ... Nachmittagsstudium, Ächzen, Stöhnen, Tartuffegemurmel, zwischendurch pinkeln gehen ... brrr ... brrr ... Semmelnmarmeladermargarinemuckefuck zum Nachmittagskaffee ... brrr ... brrr ... Klavier üben, Arbeitsgemeinschaften, Brief schreiben, Knöpfe annähen, Beschäftigungen leserlich im Kontrollbuch vermerken ... brrr ... brrr ... Freistunde vor dem Abendessen ... brrr ... brrr ... Kampf um Fleisch oder Nachtisch im Speisesaal ... brrr ... brrr ... längere Freizeit vor dem Zubettgehen oder freiwilliges Studium oder Bücher aus der Abteilungsbibliothek ausleihen ... brrr ... brrr ... Zubettgehen im Schlafsaal für zwanzig oder mehr mit Bademantel beim Umziehen versteht sich, zum letzten Mal zum Klo gehen, Licht aus, und wieder ab und zu Tartuffegemurmel, bis man weg ist.

So übten wir das, was die geistlichen Herren für gute Gewohnheiten hielten. Fernab von den Äpfeln der Hesperiden oder der Eselsmilch, in der Kleopatra badete, wie man uns beibrachte. Hier gab es feste Regeln, denn schon die Scholastiker hatten abschließend über das Sinnliche nachgedacht, den Müßiggang, von den Kirchenvätern ganz zu schweigen. Den frechen Tertullian verschwieg man uns, den entdeckte ich erst später auf einer Reise ins Innere der Schweiz, auf der ich an allerlei heterodoxes Gesindel geriet, das aber dafür um so unterhaltsamer war.

Viel viel zu feixen hatten Edwin und ich, wenn alljährlich

im Herbst das Wochenende mit den Elterntagen heranrückte.
»Du, demnächst kommen wieder die Krampfgeschwader!« sagte Edwin dann immer zu mir.
Und wir stellten uns schon im Voraus so manche teuer gekleideten Eltern vor, die sich aus ihren dunkelfarbigen Viertürern drückten, die sie meist diskret vor dem Gasthof »Zum goldenen Hirsch« parkten, um dann mit gespielter Bescheidenheit in die Sprechstunden der geistlichen Herren zu gehen und ihr »Jawohl, Herr Pater« und »Ganz recht, Herr Pater« loszuwerden und sich größte Mühe gaben, all ihre Grobheit, ihr persönliches Gemisch an Wünschen und gemeinem Ehrgeiz, ihre private Kümmerlichkeit hinter der gelackten Fassade zu verbergen. »Wenn wir schon Kinder haben, so wollen wir sie auch gediegen erziehen lassen, damit mal was aus ihnen wird.«
So oder ähnlich lauteten die Grundtöne des gemeinsamen Credos der sich formierenden Hastduwassobistduwas-Gesellschaft. Aus unserer Sicht gab es so etwas wie eine unausgesprochene Arbeitsteilung zwischen denen, die der Welt entsagt hatten, eben unseren geistlichen Herren, und denen, die in der Welt da draußen standen, eben den Erzeugern der Zöglinge. Unsere Aufgabe als Schüler war es an jenen Elterntagen, anlässlich von Theateraufführungen, Konzerten und durch versteckten Schülerjux zu beweisen, dass wir für den Fortbestand des Abendlandes sorgen würden, wenn wir mal groß wären.

Edwin und ich hatten für diese offiziellen Anlässe geheime Formen des Augenzwinkerns und der gekonnten Handbewegungen vereinbart: unseren gestischen Code, der Spott, Verachtung, Langeweile, Misstrauen ausdrückte. Das war unser beider Punkt außerhalb, von dem aus wir für diesmal die herausgeputzte Welt unserer pädagogischen Provinz, was uns betraf, auslöschten. Wir rangen uns dazu durch, Aufklärer sein zu wollen.
Als ich Jahre später bei den Bouquinisten am Seineufer ein wurmstichiges unaufgeschnittenes Exemplar von Diderots

»Jacques le fataliste et son maître« erwarb, musste ich feststellen, dass es der große Denis, der zu seiner Zeit ein ähnliches geistliches Kolleg (sogar mit dem Ziel, Priester zu werden) überstanden hatte, stellvertretend und mit unnachahmlicher Souveränität für uns bereits gesagt hatte.

An einem der letzten Elterntage, an die ich mich erinnern kann, trat wieder der grobporige Pater Direktor mit seinen einschüchternden Stoßzähnen ans kleine Pult aus Birne, um die Eröffnungsansprache zu halten wie jedes Jahr, wobei sein rundes Gesicht von Teigfarben in Schweinchenfarben überging. In diesem Moment durchbrach Edwin unsere Vereinbarung über die erlaubten Gesten: Er puffte mich kräftig in die Seite. Es durchzuckte seinen ganzen Oberkörper, er hatte Mühe, ein Gelächter zu unterdrücken:

»Siehst du den Mond über Soho, Geliebter?« flüsterte er mir zu. Gerade hatte er die Dreigroschenoper gelesen und musste beim Anblick des bramarbasierenden Mondgesichtes an die lyrische Einlage mit Polly Peachum und Macheath denken.

Unsere Haltung, die das Erwachen zweier unabhängiger Geister ankündigte, missfiel den Herren. Edwin berichtete mir mit einem Augenzwinkern, wie ihn einer der geistlichen Herren in einem Gespräch unter vier Augen nach einer Reihe gesetzter Ermahnungen mit einem Zitat von Matthias Claudius entlassen hatte: »Sitze nicht auf der Bank, auf der die Spötter sitzen!«

Wir verschlossen uns, gingen in den Untergrund.

Da saßen wir in unserer »stillen Kammer«, zur Untätigkeit, Unwirksamkeit verurteilt, und ahnten, dass wir in eine Welt hineingeführt werden sollten, die jeden Gedanken an Selbstzweifel und Scheitern verpönte; obwohl sich eine Tragödie großen Stils vor nicht langer Zeit ereignet hatte: das Abgleiten in die Barbarei, der massenhaft befohlene Mord.

»Hast du schon Nietzsches »Geburt der Tragödie aus dem Geiste der Musik« gelesen?« fragte ich Edwin, während wir auf einer zersplissenen Bank am Waldrand saßen.

»Nein, ist das alles nicht ziemlich überspannt? All das unkende genialische Pathos, das sich so großartig für den Flirt seiner Schwester mit Mussolini und Hitler verwenden ließ!« erwiderte Edwin. Wieder hatte er mich überrascht.

Meinen Ärger verbarg ich und versuchte darauf hinzuweisen, dass Elisabeth Foerster-Nietzsche wahrscheinlich in großem Stil die Schriften ihres schon wehrlosen Bruders verfälscht hatte. Ich überbot mich in Altklugheit: dass es zu Nietzsches Schicksal gehört habe, die Irrwege seiner Epoche und der kommenden Jahrzehnte stellvertretend für seine Zeitgenossen zu durchleiden; dass Nietzsche den großen Gedanken geäußert habe, die Tragödie, mit ihren Anfängen bei den Griechen, die sie für einen Ausdruck des Schönen hielten, habe sich im Laufe der Geschichte zurückgezogen; dass wir als Menschen schicksallos blieben, wenn wir unter dem Druck der äußeren Verhältnisse der Möglichkeit des Scheiterns beraubt würden.

»Wenn alles determiniert ist, entweder in einem totalitären Regime oder in einer geschichtslos gewordenen, von technischen und bürokratischen Zwängen beherrschten Gesellschaft, gibt es das nicht mehr: unsere Hoffnung auf Freiheit, die, vielleicht unter Schmerzen, aus der inneren Notwendigkeit unseres Schicksals erwächst. Dann sind wir Insekten geworden, von den ätherischen Ölen des Wohlstandes betäubte Insekten, mein Lieber. Dann hast du im australischen Koala dein Ebenbild, jenem merkwürdigen Tier, das in den Eukalyptuswäldern sein Leben verträumt.«

Wir regten uns damals über Gebühr auf, wollten uns aufregen, berauschten uns an uns selber. Ich jedoch verdeckte damit eine tief in mir sitzende Ratlosigkeit: ein widersinniges Leben voller innerer Zwänge leben zu müssen, unter dem Nachklang eines alten grausamen Mythos: ein Mann erschlägt den anderen, entweder mit der Faust oder sonst wie. Ein Mann muss gewinnen. Die ewige Wiederholung des Bildes vom Krieger und Jäger. Die geistlichen Herren und ihre Eliteschule standen für eine Welt, die das Spiel »Tun wir so, als ob es Hitler und Stalin und die Bomben von Hiroshima und Nagasaki nie gegeben hätte!« spielte. Wollten wir beide, Edwin und ich, nicht in Angst und Resignation versinken, hatten wir zunächst, als unsere Form des inneren Beiseitesprechens, nur die Möglichkeit, ein Gelächter anzustimmen. Gargantua und seinesgleichen, das waren unsere Helden.

Doch ich glaube, Edwin war von uns der Kraftvollere, Unbekümmertere, der die gargantueske Gefräßigkeit trotz allem entwickelte. Ich meinte bereits damals, mein Recht auf das gute Leben verloren zu haben.

Ich witterte meinen Untergang.

(Edwins Tagebuch)

2. September
Wieder aus den Ferien zurück. Das Tal hat mich wieder eingefangen wie eine Fleisch fressende Pflanze ein Insekt. Aber die beiden Kelchblätter sind nicht ganz zugeschnappt: Ich kann den Himmel über dem Tal sehen, die Sonne versinkt jetzt schon mitten am Nachmittag über dem Hang. Irgendwie bin ich auch froh, denn ich kann mich wieder ungestört in die Welt versenken, die in mir aus den Büchern und aus meinen Träumen ersteht.

Gestern bin ich dem leisen Rhythmus der Natur, dessen Vielfalt ich zu ahnen beginne, näher gekommen: Die Köpfe der kleinen blauen Wegwarten, die an der Wegbiegung zum oberen Hang stehen und die ich vorher nie bemerkt hatte, waren am späten Nachmittag schon geschlossen: Sie öffnen sich dem Licht und verschließen sich, wenn es abfällt. Die kleinen hellen Wale (ihren Namen habe ich vergessen), die ich im Zoo von B ... im Ruhrgebiet sah, haben mich einen anderen Rhythmus sehen lassen: Alle paar Minuten müssen sie auftauchen, um Luft für ihre Lungen zu schnappen. Sie schießen senkrecht aus dem Wasser wie luftgefüllte Bojen, die eine unsichtbare Hand unter Wasser gedrückt hatte. Ich habe diese Rhythmen auch in mir. Wenn ich zu ihnen erwache. Ich glaube, die alte indische Yogatradition betrachtet den menschlichen Atem als eine Kommunion mit dem Kosmos. Prana nennen sie das, wenn ich mich nicht täusche.

Zum Schein lasse ich mich wieder auf das Geplappere und den kleinen Ehrgeiz der meisten in der Klasse ein. Eigentlich ist da nur Mario S., mit dem ich das Gefühl des Andersseins teilen kann. Gemeinsam schweigen und nur aus den Augenwinkeln erkennen lassen, dass man weiß, worum es sich handelt. Worum es sich im Leben handelt oder handeln wird. Was man vielleicht auch lassen kann. Denn das hier ist mehr Dressur, mehr Affentheater als sonst etwas. Man soll sich anstrengen, und man soll sich zu seinen Taten bekennen, auch wenn das unangenehme Folgen hat. Das alte Sparta lässt grüßen. Und doch hat mir jemand hier, zu dessen Vorfahren namhafte Diplomaten gehören eine bekannte Anekdote von dem ehemaligen französischen Premierminister Clémenceau erzählt. Dieser Junge schlägt sich stark mit den Lebensläufen berühmter Politiker und anderer Machtmenschen herum. Clémenceau soll gesagt haben: »Wenn ich furze, stinkt mein Sekretär.« Wieder das alte Sparta: lakonische Redeweise.

Letzte Woche kam unerwartet ein Brief von Roland, meinem Hamburger Vetter, der vor zwei Jahren die Schulbank verließ. Schreibt aus Chicago, wo er ein einjähriges Praktikum bei einem internationalen Handelshaus mit Geschäftsbeziehungen nach Hamburg macht. Über Teilen der Stadt liege immer noch der Gestank aus den Schlachthöfen, die Flugzeuge auf dem zentralen Flughafen starteten häufiger als die Züge im Bahnhof Dammtor. Er lerne nun im praktischen Leben, wie vielfältig die Ansichten, Werte und Handlungsweisen der Menschen seien. Er versuche, sich wie ein Fisch gut in der Strömung zu halten. Ja, für ihn hat sich vieles geöffnet, während ich hier im Vorhof bleiben muss, um all diese unzusammenhängenden Wissensbrocken zu verschlucken!

»Dem Hunde, wenn er wohl erzogen, ist selbst ein weiser Mann gewogen.« Bin ich denn ausersehen, einer von diesen Kötern zu werden, die schwanzwedelnd und schnüffelnd herumlaufen und irgendjemanden ins Bein beißen, wenn der gerade weggguckt?

8. September

Wir sind, was wir denken. Alles, was wir sind, ersteht mit unseren Gedanken. Mit unseren Gedanken machen wir die Welt.

Gautama Buddha
Das ist der Prinz unter dem Boddhibaum, dem nach langen Wanderungen, Verzicht auf die ihm zufallende Prinzenstellung, nach Fasten und Meditation der erhabene Zustand zuteil wird. Eine legendäre Gestalt, ein Menschheitsführer? Wege des Ostens? Was hat das mit mir, mit unserer Zeit zu tun, in der es darauf anzukommen scheint, etwas zu tun, etwas in die Welt hineinzustellen? Und doch spüre ich, dass eine innere Geste Buddhas für unsere westliche Welt des homo faber, des génie civil et militaire, das beständig eine noch gewaltigere mechanische Welt schaffen will, das die Erde mit Baggern und Sprengköpfen um- und umgräbt bis zur Unkenntlichkeit, dass da jene Geste wichtig ist: loslassen, es lassen. Die andern, Stein, Pflanze, Tier und Mensch, lassen. Eine Geste der Hingabe, vielleicht der Liebe machen? Eine weibliche Geste? Und den Vatergott Europas, den alten Jehova, den vielleicht auch loslassen?

13. Oktober

Bin schlendernd vom Sportplatz vor dem Haus, der jetzt wieder Eisbahn geworden ist, weggetrieben. Das Schlagen der Hölzer gegen die Gummischeibe oder die Holzbande, das Johlen und Anfeuern ist langsam verklungen, bis ich mich auf der anderen Seite des Weges im Rauschen des Windes in den Fichten einfand. Hin und wieder das Ächzen eines Baumstammes, das klare Blau des Himmels über einer Lichtung. Die meisten Vögel sind in den Süden gezogen, bis hinüber nach Afrika vielleicht. ich will einmal mehr auf die stummen Spuren der Waldtiere achten, auf das, was sich vor mir zurückzieht, wenn ich kalt und gedankenbesessen, verliebt allein in meine Zukunftspläne, vor mich hintrabe. Pik pik pok, die Eisenbahn kommt wieder näher. Gleich müssen wir wieder zurück in die Studiersäle, unsere Gehirnwindungen mit: Tatsachen, Gesetzen, Ergebnissen voll stopfen. Wenn ich ein Vöglein wär ...

22. Oktober

Ich wusste nicht, wie vielfältig Radiergummis zu verwenden sind: Guido erzählte mir von einer Strafaktion, die ein geistlicher Herr, der vor meiner Zeit Präfekt in der Oberstufe gewesen war, anordnete: Vier Jungen, die zehn Minuten nach dem Ende des Wochenendausgangs zurückgekehrt waren, bekamen die Aufgabe, alle Striemen auf den Fliesen der langen Flure im Bereich der Oberstufe wegzuradieren, und zwar vollständig. Bei der Abnahme zeigte sich, dass der geistliche Herr eine Art von topographischer Karte über die Striemen im Kopf hatte. Logisch, dass nicht alle Striemen wegradiert waren, so dass eine Strafpredigt noch angebracht werden konnte.

2. November

Es hat ein Treffen der Ehemaligen stattgefunden. Ich bemerkte, dass ein Rollstuhlfahrer, offenbar ein Querschnittsgelähmter, darunter war. Der soll ein hervorragender Schüler gewesen sein, eine vielverprechende Begabung, hieß es. Brach Ausbildung und Studium ab, ging nach Kanada unter die Holzfäller. Kam unter einen fallenden Mammutbaum zu liegen.
Muss man Glück nennen, so etwas.

18. November

Habe wieder den Kräutersepp, ein bekanntes Original aus dem Dorf gesehen: ein kleingewachsener Mensch mit schlohweißem Bart verblichenem, an den Rändern ausgefranstem Filzhut und stets dampfender, geschwungener Pfeife (soll er selber geschnitzt haben). Ich habe es noch nie gewagt, ihn anzusprechen. Obwohl er mir stets freundlich und ein wenig geistesabwesend zulächelt. Doch er hat in seiner Bucklichkeit etwas Erhabenes an sich, so dass ich nicht weiß, was ich zu ihm sagen sollte. Obwohl ich doch »ein Studierter« bin, wie die im Dorf uns nennen. Sein blassgrüner Rucksack mit der steifen Kordel war sehr ausgebaucht, schien mit etwas Schwerem gefüllt zu sein. Ob er nur Heilkräuter sammelt, wie die Leute sagen, oder nicht doch ein verkappter Wilde-

rer ist, ich weiß es nicht. Niemand weiß es. Für das, was er im Leben geworden ist, hat er eine Schule wie die unsere nie nötig gehabt. Ich beneide ihn in gewisser Weise, vielleicht hat er ein besonderes Schicksal. Jedenfalls hat er für mich eine eigensinnige Würde.

3. Dezember

Bald geht es in die Ferien, in die Weihnachtsferien nach Hause. Da werde ich wieder mit der ganzen Sippe um den ellenlangen Gabentisch wandern, meine Neugierde ebenso wie meine Langeweile verdecken. Onkel Polterbein und Tante Sausebraus werden mir erstrahlen, der Kerzenschein wird sich in ihren Brillanten spiegeln. Und die Magier-Könige werden in meinen (ich muss die Weihnachtsgans verdauen) schweren Träumen mit den Hirten Murmeln spielen.
Man wird sich wieder an die Armen unter den Brücken und auf den U-Bahnschächten erinnern.
Der tapfere Moskowiter wird wieder unermüdlich mit dem Pickel sein Loch in die Eisdecke der Moskwa hauen und zur Abhärtung kurz hineinsteigen. Und die sibirischen Tiger werden vor Hunger in ihren Wäldern brüllen.

2. Kapitel

Als die Schule hinter ihnen lag, schwärmten Edwin K. und Mario Südermann in andere Länder aus. Sie wollten die äußeren Grenzen und das innere Eingeschlossensein auflösen. Ihre innere Bilderwelt wollten sie dem Strom des Lebens aussetzen. Sie wollten ihren eigenen Rio Grande entdecken, sich darin waschen und reinigen wie die Hindus in ihren großen heiligen Strömen. Wie wenn sie eine teils klebrige, teils bröckelnde Lehmschicht von ihren Gliedern abzustreifen oder abzuschaben hätten: Ablagerungen einer verkrusteten Kultur. All dieses schon immer gewusste, von Generationen nachgeplapperte Zeug, das schon vor Jahrzehnten oder gar Jahrhunderten seine Geistigkeit verloren hatte, das Magma aus den Feuerprozessen, aus denen es einmal hervorgebrochen war.

Edwin fuhr an die bulgarische Schwarzmeerküste, verbrachte auf dem Weg dahin einige träumerische Tage bei den alten, so prachtvoll bemalten Klöstern, die nichts Monumentales an sich hatten, sondern eher die Lebensluft kleiner beschaulicher, in ihrer Innerlichkeit intimer Gemeinschaften ausströmten. Er hatte sich vorgenommen, die ausladenden Mündungsschwemmlandschaften des Donau- und des Rhonedeltas mit ihrer scheckigen Vogelwelt, ihren schlichten Binsen-, und Gräsersilhouetten, der Reinheit ihrer Braun-, Grau- und Blautöne auf sich wirken zu lassen. So blieb er einige Wochen am Schwarzen Meer, stellte sich das gegenüberliegende Ufer mit der Krim und dem Tod von Sewastopol (durch Tolstois Augen) vor. In Träumen erschien ihm die Gestalt des Prometheus, der an den Kaukasusfelsen sich windet.

Danach verbrachte er eine doppelt so lange Zeit in der südfranzösischen Camargue, mietete sich tageweise eines der kleinen robusten Pferde und versuchte sich darin, sich ohne Sattel im Trab und im Galopp, in die seltsamen groben eisernen Steigbügel gepresst, obenzuhalten.

Mario Südermann beschloss, sich für unbestimmte Zeit in den Norden zu begeben, entweder nach Irland oder nach England. Dorthin wollte er fahren, wo Regen, Nebel und Stürme unser Gefühl der Scheidung von Land und Meer in einem unbestimmten Grau der ziehenden Wolken und der vom Wind dahergetriebenen Seevögel verschwimmen lassen. Er suchte nicht die grellen Kontraste, nicht den Prachtball der Morgensonne über den Pinien, sondern die unablässig spielenden Grüntöne der Algen und Gräser an den Stränden und Klippen des Atlantik. Er suchte die Schaflandschaften kargerer Gebiete, vielleicht in Schottland. Eine Regenaufnahme von Caenarvon Castle, die ihm in der Wochenendbeilage einer englischen Wochenzeitung in die Augen stieß, entschied es: Er nahm die Fähre Calais-Dover, wurde beim Anblick der Klippen der Südküste bereits richtig auf Rauheit, Trotz und Seeräuberei eingestimmt.

Er lernte, den Tag in die verschiedenen Teestunden einzuteilen, stellte in vornehmeren Häusern seine Teetasse mit der erforderlichen Gelassenheit aufs Mantelpiece, entdeckte seine neuen Vorlieben für Trifle und Baked Beans und verlernte es schließlich sogar, den neuen Bekannten auf die kontinentale Art die Hand zu drücken: Er verneigte sich leicht, wie seine neuen Bekannten das taten.

Der Berg Snowdon schien für ihn eine Art von walisischem Kyffhäuser zu sein: Er erhob sich über dunklen, undurchdringlichen Hängen. Caenarvon Castle mit seinen Turmgebirgen und seinen Zahnreihen über den Mauern war nur eine von vielen Burgen Englands, in die er sich verliebte: die genau berechnete Verteidigungsanlage, der Wille zur Herrschaft zur See und zu Land.

Aber auch der tuberkulosekranke John Keats und all die anderen strahlenden Geister der englischen Romantik zogen ihn lange Zeit in ihren Bann.

War in diesem Land nicht eine Entschlossenheit in vielen Lebensbereichen, eine Mischung aus Disziplin und Sportsgeist, die doch genug Platz ließ, seinen höchstpersönlichen Lebensstil, vielleicht auch mit diesen und jenen Marotten, zu leben? In einem Pub in Edinburgh lernte er – beim wievielten? – Pint Alice kennen, eine sommersprossige Studentin der Archäologie mit dunkelbraunen lebhaften Augen und spöttischem Gekicher. Er verbrachte einige Tage in ihrer kleinen Dachwohnung, bevor sie sich darauf einigten, gemeinsam mit Rucksack und Zelt durch die Highlands zu streifen, die bizarren Berge zu zeichnen und sich bei Besuchen in vielen alten Landsitzen und berühmten engen Schluchten in die verzwickten Geschichten der Fehden zwischen den alten schottischen Clans zu vertiefen.

Mario hatte ungefähr vierzig Gedichte und mehrere Kladden an Reisetagebüchern, seinen wichtigsten Schatz neben den zwei vollen Zeichenblöcken, voll geschrieben, als er nach einer Reihe von Monaten ins Haus seiner Eltern in einen Bremer Vorort zurückkehrte. In dem Stapel Post, der dort auf ihn wartete, fand er ein Telegramm von Edwin K. vor, das einen Monat alt war. Er öffnete es hastig und las:

»Bin im Knast in B. gelandet stop die Götter sind gegen mich stop halte die Dumpfheit hier nicht mehr aus stop gib mir ein Lebenszeichen Edwin«.

Mario fing an zu zittern. Schweiß trat ihm auf die Stirn. Was sollte das heißen? Hatte Edwin irgendeine Torheit begangen, für die er in einem ordentlichen Verfahren zu einer Gefängnisstrafe verurteilt worden war? Hatte sich Edwin vielleicht in der Zwischenzeit schon umgebracht – er, dessen Stolz so ausgeprägt war?

Mario erinnerte sich nach längerer Unschlüssigkeit an einen Onkel Edwins, der außerhalb von Bremerhaven an der Nordseeküste in einem Dorf wohnte. Er war ein in sich gekehrter Landschaftsmaler, ein Sonderling, der seit seiner späten Rückkehr aus russischer Kriegsgefangenschaft eine Zuflucht in jenem Dorf gesucht und dort einen kleinen Büroposten bei einem Spediteur als Broterwerb gefunden hatte.

In früheren Jahren hatten sie ihn mehrmals gemeinsam besucht. Er war in Edwins prestigesüchtiger Familie der einzige Mensch, mit dem Edwin in seinen jugendlichen Selbstzweifeln über das sprechen konnte, was in ihm vorging. Dieser Onkel hatte Edwin auf seine Lieblingsdichter, vor allem auf seinen Generationsgenossen Wolfgang Borchert, hingewiesen.

Einen Gang wie ein altgedienter Zirkusbär hatte dieser Onkel, ein stämmiger Mann, im Zweiten Weltkrieg waren ihm mehrere Zehen abgefroren. Die weiße Wüste an der Wolga, das Sterben seiner Kameraden, der eigene drohende Tod in jungen Jahren, all das Hinausgestoßenwerden aus dem Trott des Lebens hatte ihn seit damals mit einem schwermütigen Mantel der Unerschütterlichkeit umgeben.

Vielleicht hat sich Edwin an ihn gewandt?, ging es Mario durch den Kopf.

Doch Edwin hatte sich nicht: Auch der alte Bär war seit Monaten ohne Nachricht von Edwin. Er schlug Mario vor, kurzerhand bei Edwins Eltern in Kronstein im Taunus anzurufen. Edwins Mutter, die eigentlich vor Jahren, wahrscheinlich unter dem Einfluss ihres Mannes, eines bekannten Frankfurter Grundstücksmaklers, die Verbindung zu ihrem einzigen Bruder, dem Maler, abgebrochen hatte, gab am Telefon nach einigen Minuten ihre Zurückhaltung auf, ließ hinter dem Natürlich! und Selbstverständlich! ihre Not hervorblicken. Sie willigte ein, dass Mario und der Onkel mit dem nächsten Zug nach Frankfurt kämen, wo sich die drei in einer versteckten Sachsenhausener Kneipe trafen.

Am blankgescheuerten Tisch bestätigte Frau K. unter mehrmaligem Schlucken, dass Edwin seit einiger Zeit in einem Frankfurter Gefängnis einsitze. Er sei zu vier Jahren Haft ohne Bewährung verurteilt worden. Auch Edwins Verteidiger, ein gefragter Frankfurter Anwalt und Freund des Hauses, habe mehr nicht herausholen können.

Ja, es gehe ihm leidlich, sie besuche ihn einmal die Woche, bringe ihm Bücher und Schreibhefte. Er schreibe offenbar viel, habe auch mit einem Italienischkurs begonnen, um sich die Langeweile zu vertreiben. Er müsse täglich vier Stunden in einem dem Gefängnis angeschlossenen kleinen Betrieb, in dem Konservenbüchsen hergestellt werden, arbeiten. In die peinliche Stille nach diesen Worten trat ein Brezelverkäufer, dem der Onkel kurzentschlossen gleich ein halbes Dutzend abkaufte. Alle drei gaben sich Mühe, sich durch den intensiven Salzgeschmack beim Zerkauen der knusprigen Stücke abzulenken.

»Wie ist es denn alles gekommen?« fragte Mario Edwins Mutter in gespielter Distanziertheit.

»Ich kann es immer noch nicht begreifen«, erwiderte Frau K. und drehte an dem in raffinierter Einfachheit gefassten Brillantring, der ihr am linken Ringfinger ihrer schmalen Hände steckte. Die Eleganz dieser schönen blonden Frau im dunkelblauen Kostüm aus Rohseide, die bis in die Handbewegungen die Gewöhnung an Luxus ausströmte, hatte viel von ihrer Blasiertheit verloren. So wie kostbare Chinoiserie-Wandbemalereien in zu großen Schlössern, die an manchen Stellen abblättern.

»Edwin ist viel länger in Südfrankreich, in der Provence, geblieben, als er ursprünglich vorhatte. Seine Postkarten mit den Lebenszeichen, die er anfangs regelmäßig von verschiedenen Orten seiner Reise an uns geschickt hatte, wurden damals seltener, blieben schließlich ganz aus. Als er wieder bei uns auftauchte, bemerkte ich, dass seine großen Augen eine gewisse Starrheit und zugleich etwas Flackerndes aufwiesen. Das war aber nicht immer so, er konnte auch an anderen Tagen ganz wie früher aus den Augen blicken. Seine Reden wirkten so obenhin, sie waren weniger gezielt als früher, schienen auf eine seltsame Weise ins Leere zu gehen. Mein Mann und ich, wir ahnten seit Jahren die abgründige Zerrissenheit unseres Sohnes, hatten uns gesagt, dass wir ihn in Ruhe lassen müssten.« Er müsse sich selber finden, hatte ihnen ein befreundeter Psychoanalytiker geraten, der Edwins widersprüchliche Natur kannte. Zwang nütze bei ihm nichts.

Es war eine verwickelte Geschichte. Edwin hatte kaum etwas über seine Reise erzählt, wich auch vorsichtigen Fragen immer wieder aus.

»Wir bemerkten, wie sich seine Lebensweise veränderte. Seine frühere Kraft schien dahinzuschwinden. Er schlief lange, stand erst gegen Mittag auf, kam uns oft wie träumend vor.

Als ob er in einem inneren Taumel steckte, der so tief in ihm verborgen war, dass er nach außen wie betäubt wirkte.«

Drei Monate nach Edwins Rückkehr schöpfte man Verdacht im Hause K., als einiges vom Silberbesteck fehlte. Auch beim Porzellan und bei den Fayencen schienen kleinere Stücke zu fehlen. Da Edwins Eltern einerseits vieles geerbt und dann im Laufe der Jahre noch Erhebliches von Reisen mitgebracht oder auf Auktionen ersteigert hatten, besaß niemand einen genauen Überblick. Aber man bemerkte das Fehlen mancher Stücke. Listen über das wertvolle Inventar bestanden nicht.

Ein Verdacht fiel auf Elsbeth, die siebzehnjährige Hausangestellte. Sie war seit zwei Jahren im Haus und stammte aus einem Dorf im Westerwald. Sie war ruhig und ordentlich, Frau K. kam gut mit ihr zurecht und hatte Vertrauen zu ihr. An einem Wochenende, an dem Elsbeth weggefahren war, durchsuchte man ihr Zimmer und fand unter der Wäsche, ganz hinten im Schrank, mehrere silberne Gabeln, Messer und Teelöffel, die zum Besteck der Familie gehörten.

»Natürlich haben wir sie fristlos entlassen! Ich war sehr enttäuscht. Nie hätte ich damit gerechnet, eine Diebin im Haus zu haben. Empörend war es, wie sich diese Person verstellen konnte, dachte ich. Selbst bei der Gerichtsverhandlung bestritt sie alles, einfach alles, beteuerte, sie wisse nicht, wie das Besteck in ihren Schrank geraten sei. Von dem harten Verhörstil des Staatsanwaltes ließ sie sich zu meinem Erstaunen nicht aus der Fassung bringen. Stets behielt sie den gleichen Ausdruck von Naivität, ja von Unschuld. Kann man sich denn so verstellen? Der Pfarrer aus ihrem Dorf, der als Zeuge geladen wurde, sagte aus, dass er Elsbeth bis zu ihrem Weggang in die Frankfurter Gegend stets als die bescheidene Tochter ordentlicher Eltern aus der Gemeinde gekannt habe. Als andächtig habe er sie als Heranwachsende im Religionsunterricht erlebt, daran erinnere er sich.

Edwin, der in diesem unangenehmen und Aufsehen erregenden Verfahren ebenfalls als Zeuge vernommen wurde, beteuerte, von dem Vorgefallenen überrascht zu sein. Er könne sich nicht erklären, wie all diese Gegenstände weggekommen seien. Doch auch bei seinen Zeugenaussagen hatte er wieder jenen geistesabwesenden, starren Ausdruck im Gesicht. Wie mechanisch gesteuert sprach er. Auch bei Rückfragen des Richters blieb er in der gleichen Weise kühl und offensichtlich teilnahmslos. Er gab an, keine engere Verbindung mit Elsbeth gehabt zu haben. Dafür sei er viel zu sehr mit sich und seinen Zukunftsplänen nach dem Abschluss der Schule beschäftigt gewesen.

Und das war es: sein irgendwie tranceartiger Zustand, das erregte den Verdacht des Richters. Er ließ das Verfahren unterbrechen, ordnete ein forensisches Gutachten über Edwin an. Schockierend war das für uns als Eltern, einfach schockierend!

Die Zeitungen, gewisse Zeitungen haben den Skandal, den sie witterten, in ihrem bekannt reißerischen Stil breitgetreten: Ein erfolgreicher Grundstücksmakler mit einem Namen in Frankfurt hat einen abartigen, einen kriminellen Sohn! – Das gefundene Fressen für die Leser gewisser Blättchen, man kann sich das vorstellen.«

Frau K. zitterte vor Erregung; noch so viele Wochen nach Edwins Verurteilung geriet sie außer sich, konnte kaum ihre Tränen zurückhalten. Sie beruhigte sich langsam, schwieg eine Weile. Edwins Onkel und Mario sahen vor sich hin, irgendjemand brach unschlüssig ein Stück von der Brezel ab. Einige Salzkörner fielen auf die gescheuerte Tischplatte.

»Hier, am besten lesen Sie das!« Damit zog Frau K. einige gefaltete Bögen Papier aus ihrer Handtasche. Der Onkel, der Marios Erregung bemerkt hatte, gab die Bögen ungelesen an ihn weiter. Und Mario las, nachdem er sich soweit beruhigt hatte, dass die Buchstaben nicht mehr vor seinen Augen tanzten:

Gutachten über Edwin K.
Es fanden mehrere ausführliche nervenärztliche Explorationen und Untersuchungen mit Herrn Edwin K. statt.

I. Vorgeschichte
Edwin K., 20, stammt aus bürgerlichen Verhältnissen, hat die Schule mit dem Abitur abgeschlossen. Er war ein guter

Schüler, es gab jedoch einige disziplinarische Schwierigkeiten. Unter ungewöhnlichen Umständen machte er auf einer Reise nach Marokko Erfahrungen mit Drogen. Nach der Rückkehr von dieser Reise traten bei Herrn K. nach den Beobachtungen seiner Eltern Veränderungen in Aussehen und Verhalten ein: starrer Blick, verlangsamte Bewegungen, erhöhtes Schlafbedürfnis. Es ist zu vermuten, dass Herr K. seit der Rückkehr von Marokko beständig Drogen genommen hat.

II. Spezielle Tatanamnese

Herr K. gibt an, bei seiner letzten Reise nach Marokko habe er sich 3 Wochen in der Stadt Tetuan aufgehalten. Im Souk, der Altstadt von Tetuan, sei er unter Umständen, an die er sich nicht genau erinnern könne, an Rauschgifthändler geraten. Er habe sich schließlich nach langem Drängen und verführerischen Anpreisungen durch die dortigen Händler eine Spritze in den rechten Unterarm setzen lassen. Ihm fehlten in seiner Erinnerung ungefähr 10 Tage, die er vermutlich im Souk von Tetuan verbracht habe. Nach dieser Spritze mit einem Stoff, dessen arabischen Namen er nicht genau verstanden habe, sei ihm bald das Bewusstsein geschwunden. Er könne sich erinnern, dass ihm kurze Zeit nach der Spritze die Gesichter der Umstehenden in jenem winzigen Ladenlokal fratzenhaft und zunehmend bedrohlich vorgekommen seien. Es könne sein, dass er den einen oder anderen in einer plötzlich aufkommenden Angst tätlich angegriffen und dass ihm, K., jemand einen Messerstich in die Schulter versetzt habe. So erkläre er sich die Messerstichnarbe an seiner linken Schulter. Tage später sei er aus einer Art Tiefschlaf erwacht und langsam wieder zu sich gekommen. Dabei habe er allmählich einen stechenden Schmerz an seiner linken Schulter verspürt. Er habe dort einen notdürftig angebrachten, leicht verschmutzten Verband gesehen, sei aber damals zu schwach gewesen, die Wunde selbst zu versorgen. Einige Tage später habe man ihm den Verband abgenommen, und er habe die Narbe zum Ersten Mal gesehen. Er habe nicht herausfinden können, wer ihm den Messerstich beigebracht habe. Seine Geldbörse und andere Wertgegenstände sowie seine Dokumente seien verschwunden gewesen.

Die Narbe sei anschließend gut verheilt. Er habe auch bei Bewegungen keine Schmerzen mehr in der linken Schulter.

III. Untersuchungsergebnisse

<u>Medizinischer Befund:</u> Der 20-jährige Herr Edwin K. ist bei einer Größe von 180 cm und einem Gewicht von 78 kg altersgemäß normal entwickelt und in einem guten Allgemein-, Ernährungs- und Kräftezustand. Die orientierende körperliche Untersuchung ergab lediglich eine leichte Kurzsichtigkeit beidseits bei sonst unauffälligen organischen Befunden. Lediglich wurde eine leichte linkskonvexe Skoliose der Wirbelsäule festgestellt.

<u>EKG:</u> Normalbefund

<u>EEG:</u> Normbefund

<u>Neurologischer Befund:</u> Keine Abweichungen von der Norm bis auf die beschriebene Kurzsichtigkeit beidseits.

<u>Psychopatologischer Befund:</u> Herr K. war bei den gutachterlichen Untersuchungen bewusstseinsklar und allseits orientiert. Es fanden sich keine Intoxikationszeichen. Er beantwortete alle ihm gestellten Fragen bereitwillig. Es ergaben sich keine Anzeichen für Dissimulation oder Aggravation. Entsprechend dem psychologischen Zusatzgutachten verfügt Herr K. mit einem IQ von 120 über eine überdurchschnittliche Intelligenz. Die amnestischen Funktionen waren ungestört, Antrieb und Psychomotorik normal. Herr K. zeigte keinerlei Konzentrationsschwierigkeiten, Selbstkontrolle und Steuerungsvermögen schienen nicht beeinträchtigt zu sein.

Herr K. zeigte jedoch eine erhebliche emotionale Labilität und Diffusität und eine hochgradige Ambivalenz. In psychologischen Testuntersuchungen zeigte sich eine auffällige Enthemmung und eine starke latente Aggressionsbereitschaft, wobei die spürbare innere Spannung hinter einer Tendenz zur Rationalisierung und zum Ausblenden von Gefühlen zu Gunsten von abstrakter Begrifflichkeit versteckt wurde. Zu diesem Eindruck trug auch die monotone Sprechweise von Herrn K. bei. Ich fand keinen Anhalt für ein psychotisches Geschehen oder ein hirnorganisches Psychosyndrom.

IV. Zusammenfassung und forensische Beurteilung
Auf Grund der Synopsis aus der Vorgeschichte, den eigenen Angaben von Herrn K. und den hier erhobenen Untersuchungsbefunden ist davon auszugehen, dass Herr K. seit dem Aufenthalt in Marokko drogenabhängig ist. Herr K. streitet eine Drogenabhängigkeit ab. Der patriarchalisch-autoritäre Erziehungsstil der Herkunftsfamilie von Herrn K. hat sicherlich schon in der frühen Kindheit zu traumatischen Erlebnissen geführt, die bisher weitgehend verdrängt wurden. Dieser auch in der späteren Jugendzeit von Herrn K. fortgeführte Erziehungsstil seiner Eltern hat zu der neurotischen Entwicklung beigetragen. Bei Herrn K. handelt es sich um eine gehemmt aggressive Persönlichkeit, die er durch fast schon zwangartiges Intellektualisieren nach außen anders darzustellen versucht.

Diagnostisch liegen bei Herrn K. eine Drogenabhängigkeit mit zeitlichem Beginn der beschriebenen Ereignisse in Marokko sowie eine gehemmt-aggressive Persönlichkeitsentwicklung vor.

Die Drogenabhängigkeit hat in Bezug auf die Tat keine forensische Relevanz. Die neurotische Persönlichkeitsentwicklung hat nicht das Ausmaß erreicht, das vom Gesetzgeber für eine in den §§ 20, 21 StGB genannte schwere andere seelische Abartigkeit gefordert ist.

Aus nervenärztlicher Sicht haben sich keine ausreichenden Anhaltspunkte dafür gezeigt, dass Herr K. die Tat wegen einer krankhaften seelischen Störung begangen haben könnte oder einer tief gehenden Bewusstseinsstörung wegen Schwachsinns oder wegen einer schweren anderen seelischen Abartigkeit unfähig gewesen wäre, das Unrecht der Tat einzusehen oder nach dieser Einsicht zu handeln. Ebenso war die Fähigkeit von Herrn K., das Unrecht der Tat einzusehen oder nach dieser Einsicht zu handeln, bei Begehung der Tat auch nicht erheblich vermindert. Die Voraussetzungen der §§ 20 und 21 StGB liegen also nicht vor.

gez. Dr. L. B., gerichtlich bestellter Gutachter

»Nach langen Verhören hat Edwin seine Teilnahmslosigkeit aufgegeben, ist im Gerichtssaal in sich zusammengesackt. In dem Geständnis, das er schließlich ablegte, wurde klar, was schon Tage vorher wie eine böse Ahnung auf mir gelastet hatte: Er hatte, nachdem Elsbeth seine mehrmaligen Annäherungsversuche sanft, aber doch bestimmt zurückgewiesen hatte, eine Art von Katz-und-Maus-Spiel mit ihr veranstaltet.

Dessen Einzelheiten möchte ich hier nicht ausbreiten, verstehen Sie mich bitte! Verletzter Stolz und jener billige Jagdtrieb der Männer hatte Edwin schließlich dahin getrieben, Fallen für die sanfte Schöne aufzustellen. Als er wieder einmal ein Stück aus dem Familiensilber aus dem Haus trug, um Geld für weiteren Stoff zu bekommen, kam er auf die Idee, einige Stücke in Elsbeths Schrank zu platzieren.

Eine aus dem Überdruss, der Langeweile geborene feige Gaunerkomödie, wie der Richter einmal fallen ließ, als ihm die Geduld ausging: Zum Übertritt in die Terrorszene fehle Edwin die Tollkühnheit, die wütende Entschlossenheit, er sei selbst bei diesem Racheakt noch dezent und ziemlich gebrechlich geblieben!

Und unsere damalige Hausangestellte, der die Sympathien im Saal galten, wurde natürlich freigesprochen, nachdem der wahre Hergang klar geworden war!«, schloss Frau K. und verfiel in Schweigen.

Mario fragte sich, wie es dazu kommen konnte, dass der hochfahrende, zum Lakonischen neigende Edwin, wie Edwin, der leichtfüßige Florettfechter, zu jemandem werden konnte, der die Kaltblütigkeit bis zum blanken Zynismus und zur selbstgefälligen Pose vorantreibt. Wo war Edwins Wille geblieben, aus einer Art von übermütigem Sportsgeist heraus auch noch in einer Kraterlandschaft nach Gänsen und Blumen zu suchen?

Mario blieb über eine Woche beim alten Bären in dessen Dorf, beobachtete ihn schweigend, wenn er morgens in seinem Atelier vor der Staffelei stand. Er malte Bilder, in denen er der Wildheit ihren gehörigen Schimmer verlieh.

(Edwins Tagebuch)

Y ...

Der Gesang der Vögel über dem großen Delta, bevor der Tag anbricht oder zu Ende geht. Ein für mich hörbarer Ausdruck der Musikalität des Kosmos? Aber ich kann sie nicht in meine Vorstellung bekommen, die großen Sphären des Eudoxos und anderer Astronomen, oder überhaupt die umfassenden Gedanken der griechischen Kosmologie, wonach das ganze Himmelsgewölbe aus mehreren (ich glaube sieben) ineinander geschobenen Schalen bestehe, die einander anstoßen, nachdem der große ursprüngliche Beweger die eine (vielleicht die äußerste?) zuerst angestoßen hat.

Wer aber bringt die schlichten Sänger dazu, ihre Nester zwischen den schwankenden Stängeln beim Wasser zu bauen? Was ist das: Instinkt?

Y ...

Wenn ich mir vorstelle, dass ich nicht hier am Schwarzen Meer, sondern in den Rocky Mountains wäre und ein Grislibär morgens an meinem Zelt schnupperte, weil er die Essensvorräte riecht! Da würde mir meine Beschaulichkeit, der ich mich hier hingebe, nichts helfen.

Oder ich wanderte morgens, mein Zelt und den anderen Krimskrams auf dem Rücken, durch die Wälder von Zaire oder Zimbabwe, und die großen Schlangen, die grünbraun gefleckten und die anderen, würden sich von mir wegrollen, wenn ich regelmäßig mit meinem kleinen Stock auf den Boden schlüge. Statt auf eine zu treten, und was dann? Da würde mir auch der alte Glaube an den Schlangengott nicht viel hel-

fen. Aber hier scheint es kein Schlangengezücht zu geben, kein Natterngezücht.
Ich bin in Europa, dem gemäßigten Europa.

Y ...

Die kleinen Pultdachhäuser unter der flirrenden Sonne. Sie sind ineinandergeschachtelt: wie auf manchen Bildern der Orphisten. Oder Macke, wenn ich mich richtig erinnere, hat so gemalt: die Tunisreise ...

Y ...

Das verletzte Schaf, das mit gebundenen Beinen an einer Wegkehre mitten in der Einöde des Antiatlas lag, die Zunge hing ihm aus dem Munde, Blut und Speichel traten hervor. Wann werden die großen Vögel kommen? Die großen Vögel stürzen sich in die offenen Türme, die Beerdigungstürme der Parsen, wenn sie ihre lieben Toten dort ablegen.
Ahura Mazdao und Ahriman: Wer ist wer?

Die ganze letzte Nacht das Dumdum dumdum der mächtigen Trommeln. Königliche Instrumente sind das, nicht nur die Orgeln. In den Häusern aßen sie den Kouskous mit Rosinen, Mandeln und gut gewürzten Hühnerschenkeln. Die Wand entlang, auf dem Boden saßen wir, nachdem uns der Reihe nach das kupferne Gefäß gereicht worden war, über das wir unsere Hände hielten: Wasser wurde zur Reinigung darüber gegossen. Ja, ihr seid uns willkommen, wir feiern drei Hochzeiten in unseren beiden Dörfern im Tal hier, hieß es. Die Brautgemächer sind schon bereitet, die Frauen haben das gemacht wie immer schon. Jaja, das sind reine Frauentänze im Schein des Feuers neben den großen Trommeln. Eine alte Berbersitte. Der Islam bestimmt bei uns nicht völlig, was Frauen dürfen und was verboten ist. Die Frauen der Rifkabylen sind noch viel freier! Da solltet ihr einmal hinfahren, sagt man uns.

Y ...

Seltsam, diese Alten mit den Pfeifen voll von Kif gestopft.

Die haben uns aufgefordert, mitzurauchen. Ein Gebot der Gastfreundschaft. Es wäre unhöflich gewesen, die säuberlich gestopfte Pfeife abzulehnen. Ja, seltsam, wie dann allmählich die Bergketten des Hohen Atlas verschwammen, die Bäume sich gummiartig zu verbiegen schienen. Doch ein überwältigendes Gefühl des Einsseins überkommt dich: Alles um dich herum und in dir fließt ineinander. Du verschmilzt mit der Welt, du bist die Welt. Schweigend mit den zahnlosen alten Männern dasitzen, nur schauen.

Y ...
Die Tage verschwimmen ineinander ...

»Jetzt bin ich weggeschlossen. In die Dämmerung weggeschlossen. Meine Finger- und Zehennägel wachsen weiter. Ich habe damit begonnen, sie Finger für Finger, Zehe für Zehe an den trockenen Stellen der Zellenmauer, die aus wenig behauenen Quadern besteht, abzureiben. Eine langsame, schwingende Bewegung, wie das Schilfrohr im Wind, aber mit einem zarten Kratzen verbunden. Vor nicht allzu langer Zeit habe ich mich wieder an jenen Satz aus André Gides »Theseus« erinnern können, den ich als Fünfzehnjähriger zum ersten Mal las: »Ich habe Früchte geliebkost, die Rinde junger Bäume, die glatten Uferkiesel, das Fell von Hunden und Pferden, ehe ich Frauen liebkoste. Allem Zauber, den Pan, Zeus oder Thetis mir boten, spannte sich meine Begierde entgegen.«

Mache mich frei
lass' den Narren veröden
der immer die harten Kerne gespuckt
statt nach den vollen Früchten zu greifen

Es tanzen die staubigen Puppen

Durch die Luke oben in der Wand höre ich, abgedämpft, die Schritte der Vorbeieilenden, undeutliche Laute, das Quietschen von Reifen. Vielleicht ist vor meinem Lukenausgang eine Ampelkreuzung. Einerlei. Ich spüre ein Lachen in mir.

Kennst du jenes Gluckserlachen,
das von fern kommt
aus dem All?
Dämme bricht es
Steine schmilzt es
ist so arm doch
sintemal
wir es sind
wir öden Frager
bleiben ewig ewig stumm
sind geritzt geknickt
stolzierend
es ist da
und nimmt nichts krumm

Jetzt habe ich wieder keine Kraft mehr, meine Gedanken, meine Gefühle aufzuklauben. Es ist mir, als ob ich tief tief sinken müsste wie in einen Brunnen, der bis zur Mitte der Erde reicht. Ich lasse mich fallen. Da kommen mir Sätze von Meister Eckehart unter die Augen, die ich festhalten will: »Wenn der Mensch sich fortkehrt von sich selber und allem Geschaffenen – soweit du das tust, soweit wirst du zur Einheit und Seligkeit gebracht in dem Fünklein der Seele, welches mit Zeit und Raum nie zu schaffen gehabt hat.«

Es ist einfältig von mir, diese auf einem Schauen beruhenden Sätze Eckeharts festhalten zu wollen, indem ich sie hier aufs Papier schreibe! Wie kann ich es denn anstellen, mich den hinter diesen Sätzen liegenden Wahrheiten anzunähern, dass ich zu dem einfältigen Grund der Seele, meiner Seele vordringe, von dem er schreibt? Dorthin, wo das Licht ist? Wenn ich zurückblättere in Eckeharts Predigt: »Von Einheit im Werk«, kommen Wendungen, gewaltig wie Hammerschläge: zu Nichts geworden sein, sich zu Grunde gelassen haben, zwischen Werk und Wesen unterscheiden. In einen Zustand gelangen, in dem das Auge, dessen Blick auf das daliegende Holz fällt, mit diesem eins geworden ist. Von der Vielfalt der Werke über das Einssein im Wesen zur Einheit im Werke gelangen. Was soll ich mit diesen Wendungen anfangen, deren Schönheit im mittelhochdeutschen Original ich nur ahnen kann, was soll ich damit anfangen? Was an ihnen zieht mich an, da sie doch offensichtlich Widersprüchliches enthalten wie beispielsweise die Aufhebung des Gegensatzes von Subjekt und Objekt, einem Eckpfeiler jeglicher mir bekannten Erkenntnistheorie?

Vielleicht musste sich das Unberechtigte meiner stofflich ausgelösten Glückseligkeiten erst zu äußeren Handlungen steigern, die man als kriminelle bezeichnet, damit ich aus meinen Schwärmereien, meinen kleineren und größeren Fluchten herausgerissen werde? Sollen mir diese feuchten dunklen Wände einen Schimmer der mönchischen Zelle erwecken? Der Zelle, die bloß eine Metapher ist für mein inneres Gehäuse? Finde ich in euch Gefängnismauern nicht nur zur Abgeschiedenheit wider Willen, sondern auch zu der aus ihr erwachsenden Gelassenheit?

Z ...
Schläft ein Lied
in allen Dingen
sprach er
stellt den Lachsack ab
ging hinaus
sah diese Kröte
küsst sie
fand den Wanderstab
wandern wird er durch die Wüste
Aaronsstab
wer weiß
wohin

3. Kapitel

Als Edwin aus dem Gefängnis kam, ging er auf eine große nordfriesische Insel und setzte sich dort fest. Er wollte zu sich kommen und in jenem Zwischenbereich der Priele, in dem Erde und Wasser in immer neuen Farbspielen ineinander übergehen, einen Entschluss fassen.
Die Jahre hinter Mauern hatten ihn verändert, das spürte er. Oft hatte er von weit ins Land hinausziehenden Straßendecken geträumt. Wenn man genauer hinblickt, zeigen sich viele Haarrisse darauf. An einigen Stellen sind kleine gelbe und violette Blumen durch die geteerte Decke gebrochen: Die Sanftheit hat die Härte besiegt.

Er wollte schweigen, monatelang schweigen. In einem Haus gleich hinter dem Deich an der Westseite jener lang gestreckten Insel, dort, wo sie sich zum Atlantik hin öffnet, mietete er sich bei einer Witwe mittleren Alters ein. Die Frau ließ ihn in Ruhe, war innerlich mit den traurigen Erinnerungen aus ihrer unglücklichen Ehe in einer Großstadt beschäftigt, den Erinnerungen an ihren Versuch, die Kluft zwischen ihrem Mann und sich zu überwinden. Ihr Versuch war schließlich gescheitert, sie hatte sich auf diese Insel zurückgezogen, einen kleinen Gemüsegarten angelegt und sich bemüht, ihren drei Kindern genug Lebenskraft zu geben.
Edwin nahm sich in dem Haus eine kleine Wohnung mit einem Arbeits- und einem Schlafraum.

Die Leute in der Umgebung, teils seit mehreren Generationen dort ansässig, teils schiffbrüchige Existenzen wie er selbst, wussten nicht, was sie von ihm halten sollten. Morgens sah man ihn nicht, nachmittags machte er stundenlange Spaziergänge an der Küste vor dem Deich entlang der endlosen Wiesen, jagte ein paar Schafe, sah dem Flug der kreischenden Möwen nach.

Wenn man ihm begegnete, schien er niemanden wahrzunehmen. Er sprach nicht über seine Vergangenheit, hatte sich, sei's als Schluss-Strich, sei's als Neuanfang, einen anderen Namen zugelegt.

Mit den Wochen und Monaten hellte sich seine Miene auf. Er erholte sich, sein Gang wurde wieder weitausgreifend wie früher. Er durchfurchte mit seiner Nase den starken Wind, der vom Meer kam, wie der Kiel eines Bootes das Wasser. Erst fing er an zu rufen, sprach vielleicht irgendwelche Balladen gegen den Wind, dann begann er zu brüllen, als wollte er die Möwen anrufen, die ihn natürlich nicht beachteten. Der Wind verwehte sofort alle Laute, zerfetzte sie. Da wurde er wieder still, lauschte nur dem Kreischen, Pfeifen, Zirpen der Seevögel weit draußen in den Prielen wie einem urweltlichen Chor.

Mario hatte ein Studium der Archäologie sowie der Ur- und Frühgeschichte begonnen, schrieb seine ersten Kurzgeschichten und Gedichte, die er hin und wieder in literarischen Zeitschriften der Region, manchmal in den Wochenendbeilagen größerer Zeitungen unterbringen konnte. Seine Studien ermöglichten es ihm, seine Gleichgültigkeit gegenüber den Menschen und seiner Zeit in Forschungsinteresse umzustilisieren.

Vielleicht würde er sich einen Namen im Fach machen.

Er trauerte der Freundschaft mit Edwin nach oder dem, was er dafür gehalten hatte.

Würde er sich jetzt abschneiden von seiner eigenen Vergangenheit und nur noch in jenen Diskussionszirkeln oder Bekanntenkreisen daherdümpeln, in denen man vielleicht diese und jene Aktion startet, für seinen Witz, seine Originalität bewundert oder beneidet wird, aber unter all der Betriebsamkeit nur seine Einsamkeit, seine innerlich wachsende Verzweiflung verbirgt? Würde er sich nur noch eingraben in die Tonscherben und Mauerreste unter Erdhügeln, in die Goldspangen irgendeiner frühen Ritter- und Bardenkultur, und seine Gegenwart teilweise, seine Zukunft vollkommen vergessen?

Er hatte Sehnsucht nach den Gesprächen mit Edwin. Sie hatten ihn herausgefordert, wenn sie ihn auch oft verletzt hatten.

Solange er mit Edwin zusammen war, hatte er das Gefühl, zu leben oder wenigstens Lebenszeichen, schwache oder stärkere, auszutauschen. Zwischen ihnen war in den Jahren eine Art von persönlichem Morsealphabet entstanden, ein Morsealphabet, dessen Ton der Herzschlag ihres aufkeimenden Lebens war. Er wollte Edwin wieder finden, nachdem dieser ihm auf seine Briefe ins Gefängnis schon längst nicht mehr geantwortet hatte. Nach der langen Zeit, die ins Land gegangen war, musste Edwin schon wieder auf freiem Fuß sein. Davon war Mario überzeugt.

Über Edwins Onkel im Dorf bei Bremerhaven fand Mario heraus, dass sein alter Freund unter dem Namen Oscar Rohloff allem Anschein nach auf jener großen nordfriesischen Insel lebte. Genaueres, zum Beispiel über den Ort, wo er sich aufhielt, wusste der Onkel nicht. So machte sich Mario auf gut Glück auf den Weg, fuhr mit der Eisenbahn über den Damm, der die Insel mit dem Festland verbindet, stieg im Hauptort aus und setzte sich in den Bus.

Von seinen Reisen her kannte er die Technik, in den kleineren Orten in die Gaststätten und Kneipen zu gehen, dort nach ein, zwei Übernachtungen ins Gespräch zu kommen und durch vorsichtige Fragen herauszufinden, ob es Fremde oder jedenfalls auffällige Personen am Ort gebe.

Schließlich kam er auch in das Dorf, wo man ihm von einem jungen Mann erzählte, der bei der Witwe am Deich wohnte, mit keinem Menschen ein Wort wechselte; nachmittags mache er stundenlange Spaziergänge über die Wiesen, auf denen man ihn schreien sehe. Mario stieg in dem Dorf aus, und hier musste er nach einigem Fragen zum Haus der Witwe kommen.

»So, Sie sind also ein alter Freund von Herrn Rohloff?« fragte die Witwe. Sie schien verwundert zu sein, dass ihr Mieter, der fast niemals Post erhielt und in allem das Verhalten eines menschenscheuen Eigenbrödlers machte, jemals einen Freund gehabt hatte.

»Gehen Sie dort rüber, überqueren Sie den Deich bei dem kleinen Gatter, Sie werden das schon sehen. Und dann gehen

Sie ihrem Gefühl nach: ob links oder rechts oder unten, wo sich die endlosen Uferwiesen entlangziehen. Ich weiß nämlich nicht, in welche Richtung Herr Rohloff heute Nachmittag gegangen ist. Ich schätze, er ist im Zweifelsfall gegen den Wind losgelaufen, wie das so seine Art ist. Er sagt mir immer, es amüsiere ihn, wenn ihm der Wind sein eigenes Gebrüll ins Gesicht schlägt.«

Sie schaute Mario prüfend an, wartete auf seine Reaktion, die jedoch ausblieb. »Ich muss jetzt in meinen Garten«, damit ließ sie den Besucher an der Tür stehen.

Die salzige Luft stieg Mario in die Nase, die Wolkenfetzen stoben daher. Zwischen ihnen sah man die ewig kreisenden Vögel, die sich scheinbar schwerelos im Äther hielten. Nur manchmal ließen sie sich kurz fallen. Oder sie strichen in der Art von Mauerseglern schnell über die Priele, schienen fernab ins Wasser zu tauchen. Irgendein gigantischer Maler hatte die Blaugrau-Weißtöne mit den Grünbraunflächen im Vordergrund ineinandergewischt, in Wirbeln und Fadensträngen zerzaust.

In der Ferne graste eine Schafherde. Die Schafe schienen wie Wollknäuel langsam über die Wiesen zu rollen. Mario ließ sich vom Wind treiben, vergaß seine Absicht über den Gestalten, die vor ihm am Himmel erschienen: Berge oder Frauenkörper, Lichtgestalten, Staub über Salzseen, Wüstenlandschaften, ja wie Blitze aufreißende Sonnenstrahlen. Er war an die Schönheit um sich herum hingegeben. Vergaß, warum er hierher gekommen war. Aus Instinkt legte er sich in eine Mulde unten beim Deich, ließ sich vom Streifen des Windes einschläfern.

Als er erwachte, hatte sich die Sonne bis zum Horizont zwischen die Wolkenschwaden gesenkt.

Er erhob sich, ging schlendernd und unbewusst, aber mit einer von innen kommenden Sicherheit den Weg zurück über den Deich, durchs Gatter und hinunter zum Haus der Witwe. Als er klingelte, stand ein Mann in der Tür, der Edwin sein musste und es doch nicht zu sein schien. Das kraftvolle Gesicht mit den vollen Lippen und den blauen Augen, die in ihren Höhlen stets ein wenig stechend gewirkt hatten, war durch ein stärkeres Hervortreten der Backenknochen härter geworden, hatte aber gleichzeitig etwas Ruhiges, einen Ausdruck von fern her, wie auf gewissen Fotos alte Indianer, erhalten. Ja, er hatte ihn, den alten Freund, erkannt, verzog aber keine Miene, machte keine Willkommensgeste, sagte kein Wort.

Plötzlich schien da wieder jenes alte Einverständnis zwischen ihnen zu sein, diesmal jedoch das Einverständnis, dass sie schweigen wollten. Es gab nichts zu erklären, jedes Fragen wäre dumm und aufdringlich gewesen, hätte wie eine Floskel gewirkt, die das verstellte, was vielleicht in einem geduldigen Prozess der stillschweigenden Achtung voreinander hätte offenbar werden können.

Sie gingen schweigend durch den kurzen Flur bis in Edwins Wohnung. Mario sah das Zimmer mit dem kleinen Ledersofa, zwei Holzstühlen, einem niedrigen Tisch und einer Art von länglichem Tapeziertisch auf zwei Holzgestellen. Auf der Platte, auf dem Sofa, auf dem Boden, überall lagen ungeordnet Bücher, Zeitschriften, Kladden, Zeichenblöcke, Farbstifte, Schreibzeug und Halme, Steine, Federn, Muscheln und andere Fundstücke von Spaziergängen am Meer kennen. Die überquellenden Aschenbecher, die halbleeren, leeren verklebten Flaschen und Gläser, die früher Edwins Arbeitsräume markiert hatten, fehlten jetzt jedoch. In einer Ecke lag, achtlos hingeworfen und verschmutzt, eine Dschellabah aus ungefärbter Schafwolle. Sie standen lange schweigend am Fenster, das zum Deich hinaus ging.

»Warum bist du gekommen?« fragte Edwin.
»Ich weiß es nicht, irgendetwas trieb mich, dich zu besuchen: nenne es Neugierde, Freundschaft, vielleicht Enttäuschung.«
»Ich habe die Menschen, ich habe mich selber verlassen«, sagte Edwin, der das wie zu sich sprach und nicht zu jemandem, der noch im Raum war.
»Dort, in der Einsamkeit, habe ich mich mit der Tatsache abgefunden, dass niemand auf mich wartet, dass es nichts zu tun gibt für mich.«
‚Wie meinst du das?« fragte Mario, der wieder in seine Gleichgültigkeit zu versinken schien.

Das waren Erklärungen seines früheren Freundes, die er alle schon einmal irgendwo gelesen hatte. Das war das uneigentliche Sprechen eines Menschen, der keine Worte für das findet, wovon er bisher nur Ahnungen hat, was nur leise in ihm entsteht. Etwas, worüber er nicht, zu niemandem zu sprechen wagt.

In Mario schoss etwas auf wie der schwache Schein des werdenden Edwin, des Edwin der Zukunft. Unter all seiner gewohnheitsmäßigen Gleichgültigkeit, die ihm Schutz vor zudringlicher Geschwätzigkeit geworden war, spürte er eine Achtung vor diesem anderen Edwin, der sich durch Selbsthass, Zynismus bis hin zum Drang zur Selbstzerstörung hindurchringen wollte – vielleicht dem vor ihm stehenden Menschen, den er von damals kannte, noch unbewusst.

Er schwieg, trat wieder ans Fenster, wandte sich ab, warf einen Blick auf die umherliegenden Bücher und Zeitschriften. Edwin schien sich intensiv mit Fragen der praktischen Ethik zu befassen, wollte sich wohl anhand der verschiedenen Zeitschriften einen Überblick über den augenblicklichen Stand der literarischen und philosophischen Debatten verschaffen. Kurz: Der träge, der daherschlendernde Edwin, der abwartend vor dem Leben stand, hatte schon die Konturen des denkenden, gestaltenden, auf irgendeine Weise geistig handelnden Edwin angenommen.

»Ich spüre deine Fragen, die du aus Rücksicht nicht stellst. Ich bin jedoch nicht sicher, mein Lieber, ob du mich nur nicht verletzen willst oder mich schon aufgegeben hast und nur hierher gekommen bist, um dir innerlich auf die Schulter zu klopfen: »Jawohl, ich hab's ja gewusst! Edwin, der ehrgeizige Edwin, Edwin der Spieler, hat die Lust am Spiel verloren. Er war schon immer eine Art Windhund. Wie einer von den Greyhounds oder Whippets, die Gainsborough mit so viel Leichtigkeit in den Vordergrund seiner Bilder gemalt hat: diese Tiere, denen man vom Feinsten hinstellt, die nicht mehr jagen müssen, deren Leben nichts ist als Dekoration.« Hier brach Edwin ab, stellte keine eindringlicheren Fragen mehr, auf die Mario hätte antworten müssen, wenn er ihn nicht brüskieren wollte.

Mario schwieg, versuchte Abstand zu alldem wiederzugewinnen. Wo stand jetzt die Sonne? Drehten sie sich nicht beständig, aber unmerklich mit dem ganzen Raumschiff Erde durch die Unendlichkeit, die Gleichzeitigkeit von Vorher und Nachher, sie beide mit ihren kleinen und großen Wünschen und Leidenschaften? Was wusste er denn davon, was in der letzten Zeit, nachdem sie sich getrennt hatten, in Edwin vorgegangen war? Hatten sie sich nicht wie zwei Einsame aneinandergelehnt in den Jahren bei den geistlichen Herren, hatten sich bloß gegenseitig den anderen vorgezogen? Wann hatten sie sich jemals ihre Verzweiflung, das Nicht-mehr-weiter-Wissen eingestanden, während sie nach außen die Schule veralberten? Hatte er denn nicht nur davon geträumt, dass Edwin ein Tattergreis sei, der innerlich vor Auszehrung und dem Gefühl des Ausgestoßenseins zitterte? Hatte ihn nicht ein visionäres Bild Goyas, auf dem ein kollossales Ungeheuer über dem wüsten Land droht, ahnen lassen, dass auch machtvolle destruktive Kräfte auf der Erde walten? War nicht das bizarre Handeln Edwins, der sich aus allem Erwartbaren hinauskatapultiert hatte, ein Ausdruck dafür, dass er in seiner Wahrheitssuche über die Grenze dessen hinausgegangen war, worauf er durch seine bisherigen Erfahrungen vorbereitet war? War er, Mario, mit einer beständig durchgehaltenen Gelassenheit, seinem gespielten Stoizismus, nicht in Wirklichkeit ein feiger Abzocker, der anderen auf der Tasche lag?

Edwin, der sich in seiner verschlossenen grünen Weste, der ausgebeulten Hose lange in der Sofaecke geräkelt hatte, stand auf und ging mehrmals mit schleifenden Schritten im Zimmer umher.

»Im Herbst werde ich von hier aufbrechen und nach Frankfurt gehen. Ich habe ein Angebot, in einer großen Baufirma mit internationalen Verbindungen und einem beträchtlichen Auslandsgeschäft anzufangen. Als Assistent des Vorstands. Das sind Geschäftsfreunde meines Vaters. Du wirst sehen: Mein Witz, mein Arbeitseifer und der Wille, mir in der Geschäftswelt Anerkennung zu verschaffen, werden mir die Wege ebnen. In diesen Kreisen wird man vergessen, wo ich mehrere Jahre verbringen musste, wenn ich erfolgreich bin. Ich werde meine Energie darauf verwenden, die Auftragsbücher im internationalen Geschäft zu füllen. Dabei wird mir die Ausstrahlung des Kultivierten helfen, Querverbindungen zu knüpfen und mich von einer gewissen Einseitigkeit oder gar Dumpfheit von Leuten, die bloß eine Managementausbildung haben, abzuheben. Ich werde hoch reizen, und ich werde gewinnen. Denn ich habe die äußerste Erniedrigung durchschritten, ich habe ausgehalten, ganz auf mich unter den Ausgegrenzten gestellt zu sein. Eine extreme Form von Hasardeurtum wird die Leute, die immer auf der Suche nach Abwechslung sind, anziehen. Ich habe da ein sicheres Gespür.«

Mario schwieg dazu, er hielt sich zurück Es schien ihm, dass Edwin das zwar ihm gegenüber geäußert, aber im Grunde genommen nur laut mit sich selber gesprochen hatte.

In der Woche, in der Mario noch auf der Insel blieb, machten sie ausgedehnte Spaziergänge, fuhren einmal morgens früh mit einem Fischer auf seinem Boot hinaus.

Die lang gezogenen, sanften Linien der mit Strandhafer und anderen Gräsern bewachsenen Dünen, die weiten Ausblicke unterm tief gezogenen Himmel, der ständig andere Nuancen von Grau und Blau, aber auch Goldgelb und Rot aufwies, die daherjagenden Wolken, die wenigen, langsamen Gestalten, die man sah, der Wind, der das eigene Gehen und Sprechen in einen größeren Zusammenhang der Natur hob – all das stimmte versöhnlich, ließ die eigenen Sorgen, die kleineren oder größeren Pläne nicht mehr so wichtig erscheinen. Es war, wie wenn eine Schar von Windsbräuten sie andauernd zum Tanz im Angesicht der Götter aufforderte, ihnen leise zurief: »Gemach, ihr selbstverliebten Wichtigtuer, es ist alles schon höheren Orts beschlossen. Es kommt wie es euch zukommt.«

Mario nahm den Zug zurück. Als er auf dem Damm zwischen der Insel und dem Festland aus dem Fenster schaute, wusste er: Ich kann beruhigt zu meinem Kampf mit dem leeren Papier zurückkehren. Edwin wird gehäutet in die Welt hinausgehen.

(Edwins Tagebuch)

23. März
Das Licht, der Wind, all diese Gerüche, Töne, Geräusche jetzt um mich. Die Eindrücke stürzen geradezu auf mich ein. ich habe dauernd das Gefühl, aus dem Augenwinkel heraus misstrauisch, ja feindselig angestarrt zu werden. Sieht man es mir vielleicht an, dass es in meinem bisherigen Leben chaotischer zuging als vermutlich in den meisten andern? oder sollte ich nicht stolz sein, mich handelnd in meinen gemeinsten Seiten erfahren und so meinen Schatten kennen gelernt zu haben statt ihn zu verdrängen? Gehört nicht Stärke dazu, selbst einmal einen Mord zu begehn, wenn so viel Hass in einem steckt, statt das ganze Leben über wie gehetzt herumzulaufen? Denn dann, wenn ich zum äußersten geschritten bin, lässt endlich der Druck nach, kann ich mich endlich schuldig fühlen, weil ich etwas Konkretes, etwas Fassbares getan habe, was nach den geltenden Gesetzen und dem Rechtsempfinden der meisten so gefährdend, so zerstörerisch ist, dass ein solcher Mensch abgesondert und verschlossen gehört. Aber bin ich nicht wahnsinnig: Was ist mit dem Leben, das ich dann ausgelöscht hätte?

Gut erinnere ich mich an die seltsamen Erzählungen mancher Teilnehmer am Irrsinn des Zweiten Weltkriegs: dieses Tremolo in der Stimme, diese seltsame Kameraderie mitten in dem Blutvergießen, dem Sitzen auf dem Ofen irgendwo in einer ukrainischen Bauernstube, nachdem der gichtige Opa unterwürfig von seinem angestammten Platz gewichen ist.
   Diese gestelzten Männertiraden in der Sauna oder in gewissen Kneipen: Auch ich war ein Held an der Duna und so fort.

27. März
Wie mir scheint, habe ich einen anderen Blick bekommen: rund kann jetzt rund und eckig eckig bleiben. ich muss das Rad nicht erfinden, kann ruhig die Stufen auf den alten Inka Straßen im Hochland von Peru annehmen.

Oder bin ich doch noch der gleiche Edwin wie damals, als wir an einem strahlenden Sommernachmittag die dicke Fliege in der Plastikdose mit dem Brennglas ermordeten? Nein, ich brachte sie um, die anderen bewunderten mich. Und der Gestank war abscheulich. Damals erwachte meine jugendliche Mordlust. Noch viele Frösche, Wasserläufer und andere Kleintiere mussten dran glauben. Gehörte sowas nicht zu den üblichen Jungenstreichen? Oder begann hier eine Entwicklung bei mir, die schließlich im Knast enden musste? Kam bei mir eine wachsende Verzweiflung hinzu? Ja, ich empfand gegenüber dem, was sich mir als die Welt der Erwachsenen zeigte, nichts anderes als extremste Ablehnung, eben Verzweiflung.

2. April

Ich will damit aufhören, mein eigenes Roadmovie zu spielen und mich von Gasthaus zum Motelbett zu schleppen und wieder zurück. Wovor sollte ich fliehen? Ich muss zur Ruhe kommen, irgendwo, wo ich beinahe nur Himmel, Land und Meer sehe, spüre, rieche. Wo denn? Ja, dorthin, auf die lange Insel in der Nordsee werde ich fahren, mir einen Unterschlupf suchen. Spazieren gehen, das Weite suchen, mich solange häuten, bis ich mich wieder für ansehnlich halten kann. Nicht einmal für anziehend, nein, ich bin kein Schönling.

16. April

Hier werde ich bleiben. Die Wirtin lässt mich in Ruhe. Die Leute in der Gegend: meistens Sonderlinge, jedenfalls schweigsame Menschen. Jetzt nicht das Palaver. Ich will mich vorbereiten. Worauf? Auf mich als einen geschlossenen Charakter, als, jemanden, der weder das Haar in acht Teile spaltet, noch nach der blauen Blume sucht, noch Kevin Kostner, Tom Cruise oder sonst wen mit dem gewissen Solala imitieren muss.
Auf jemanden werde ich mich vorbereiten, der aus der Niedrigkeit des Geteerten und Gefederten langsam sich herauswindet. Ich werde die Geduld aufbringen, auf mich als Werdenden zu warten.
   Vielleicht werde ich dann zu mir gelangt sein.

4. Kapitel

Nach weiteren fünf Monaten kehrte Edwin nach Frankfurt am Main zurück. Sein Vater war inzwischen, eine Liquiditätskrise des Baukonzerns Magnus & Leber nutzend, mit einer erheblichen Einlage als neuer Teilhaber eingesprungen.

Edwin fing als Assistent der Geschäftsleitung bei Magnus & Leber an. Aufgrund seiner Lebhaftigkeit und seines Arbeitseifers gelang es ihm innerhalb weniger Monate, vielleicht eines Jahres, die Gepflogenheiten und auch die Tricks der Branche zu erlernen. Zumal durch sein Verhandlungsgeschick gewann er den Ruf eines gewitzten Geschäftsmannes innerhalb der Branche.

Er saß in seinem Büro im neunten Stock des Hochhauses in der Innenstadt mit Blick bis an den Taunus; drei Telefone auf dem Schreibtisch nebst dem schwenkbaren Bildschirm. An den Wänden hingen Fotos der letzten Großaufträge, die die Firma – allein oder in Kooperation mit anderen Firmen – ausgeführt hatte: Staudämme, Straßen, Rollbahnen für Flughäfen, Entwässerungsanlagen für ganze Städte, Hafendocks – im Inland, aber auch in der Dritten Welt. An einer Wand gaben Grafiken Auskunft über die Geschäftsentwicklung. Trends waren mit einem Blick zu erfassen. Auf einer Weltkarte waren die ausgeführten Aufträge markiert, die Auslandsaufträge. In Europa oder jedenfalls in Deutschland gaben farblich abgestufte Felder Hinweise auf die Intensität der Geschäfte.

Edwin hatte erstaunlich schnell den Atem des großen Baugeschäfts eingesogen und sich fast daran berauscht. Von der Enge der Zelle und dem Abgeschnürtsein auf der Insel war er ohne langen Übergang dahin gelangt, die Schönheit einer Brückenkonstruktion als Ausdruck für Zug- und Druckkräfte sehen zu können. Die Proportion eines Hafengebäudes, der

Schwung und die Neigung eines Staudamms, die metallene Wucht der Rohre eines Turbinenwerks – all das konnte ihn begeistern.

In vielen Gesprächen mit den führenden Ingenieuren des Hauses waren ihm die Augen geöffnet worden. Diese Männer, die alle schon gigantische Baustellen in aller Welt geleitet hatten, waren ein bisschen Fremdenlegionäre, ein bisschen Sklavenhalter, wenn man so will. Ein riesiger Staudamm in Brasilien, das schmeckte leicht nach Pyramidenbau.

Edwin hatte viel mit dem Controlling zu tun. Meldungen flatterten auf seinen Schreibtisch, kamen per Telefon oder Fax.

In Sierra Leone hat die Armee geputscht, die Bezahlung des fast fertig gestellten Anlagenbaus ist in Frage gestellt. Das argentinische Flughafenprojekt ist fraglich geworden, die Regierung hat wegen Überschuldung und wegen der steigenden Inflationsrate die Unterschrift unter den Vertrag zurückgestellt. In Bangladesch sind bei einem Taifun eine noch unbekannte Anzahl von Bauarbeitern auf unserer Baustelle in Chittagong umgekommen, kabelt der leitende Ingenieur. Beim Bau der Kanalisation von Basra, Irak, kann der Gesamtpreis, wie im Angebot angegeben, nicht gehalten werden; die Beschaffenheit des Bodens ist sehr uneinheitlich. Wahrscheinlich wird der Auftrag mit Verlust abschließen. Der Bau des Staudamms im Südosten der Türkei muss forciert werden; die Kurden erheben sich wieder, Ankara verstärkt das Militär. Weil die vorgesehene Bauzeit nicht eingehalten werden kann, könnte eine nicht unbeträchtliche Vertragsstrafe fällig werden.

Edwin trug in all diesen Fällen das Seinige dazu bei, Schaden von der Firma abzuwenden. Er ließ sich auf all diese kleineren oder größeren Unglücksfälle unermüdlich ein. Nach einigen Monaten bestand für ihn die Welt nicht mehr nur aus Bergen, Flüssen, Meeren, sondern hatte Schründe und Vertiefungen, Löcher und Höhlen, die auf menschliches Tun zurückgingen: eben die Baustellen. Er fragte sich niemals nach dem organischen Leben der Erde, aber er konnte sich doch diese kosmische Kugel, die Erde, als Ganzes vorstellen.

Menschlicher Scharfsinn ersann und berechnete Konstruktionen aus Stahl, Beton und anderen Werkstoffen, die gebraucht wurden. Für den, der Augen hatte, zeigten sie ihre Art von Schönheit.

Mario kam oft in Edwins Büro. »Hast du jetzt das, wovon du träumtest, als wir noch auf der Schule waren?« fragte er Edwin.

»Ich glaube, mein Lieber, dass unsere Träume recht flatterhaft waren. Ich habe hier ein Netz aus Menschen, Zahlen, Botschaften in der Hand, ein Netz, das sich um einen guten Teil der Erde legt. Das Netz lebt, jeden Tag treffe ich auf Überraschungen.« Edwin lebte. Er dachte nicht darüber nach, ob er selbst in dieses Netz verstrickt war, ja er schien nichts dabei zu finden, nun Schaltstelle einer großen Maschinerie zu sein.

Während Mario versuchte, neben seinen Studien erste literarische Texte zu verfassen, begann Edwin damit, sich in die höhere Frankfurter Gesellschaft auf seine Weise einzumischen. Weil er geistreich war und sich den Ruf des erfolgreichen Geschäftsmanns erstritten hatte, nahm man ihn gut auf. Man hatte anscheinend vergessen, dass er einmal im Gefängnis gesessen hatte. Diese große Stadt am Main war Finanzzentrum und wichtiger Industriestandort geworden. Durch eine geschickte Kulturpolitik, Wohlstand und Mäzenatentum war die Kulturelle Szene in Jahrzehnten immer vielfältiger geworden. Die arrivierte Gesellschaft war offen und in gewisser Weise vorurteilsloser, wenn auch die weltoffenen Juden der Zeit vor dem Dritten Reich fast vollständig verschwunden waren.

Die Leute sagten sich bei Edwin K.: Er kann sich durchsetzen, er kann uns entweder nützen oder schaden. Also tun wir alles, dass er uns nicht schadet! Nach einiger Zeit lernte er bekannte Figuren der Szene wie Sissy de Saint Pluche, Dr. Schmidt-Warringer, Graf de las Torres und den alten Herrn Bornstein, genannt der Spürhund, kennen. Er hielt sich mit Urteilen zurück, hörte ausdauernd zu. Er bemerkte, dass seine anfängliche innere Distanzierung nicht verborgen blieb. Sie strahlte auf ihn zurück. Edwin begriff, dass hinter jedem Menschen ein Drama steckt, welches sich, aus einer instinktiven Schutzhaltung heraus, dem frechen Blick entzieht. Edwin verbot sich das Bild vom Spielkasino, in dem alle betrügen. Es war zu vorschnell, es war zu einfach.

Edwin begann damit, sich seine eigenen Lebensregeln aufzuschreiben. Einige dieser Lebensregeln lauteten:

– Versuche, berufliche Entscheidungen nach einem Ausreifungsprozess aus dem Bauch heraus zu fällen. Sammle zuerst Sachinformationen über das Problem, mache dir unterscheidbare Alternativen in ihren Konsequenzen klar. Handle, wenn du einen Punkt der Sättigung spürst.

– Es ist wichtig, zu gewinnen, aber nicht um jeden Preis. Deine Mitspieler wird es auch nach einem Sieg noch geben. Gib ihnen keinen Anlass zum Hass.

– Versuche, deine Handlungen so einzurichten, dass du die Mitte zwischen den Erwartungen der Umgebung und deinen eigenen Wünschen einhältst.

– Willst du eine für dich wichtige Person kennen lernen und hält sie sich zurück, dann ist es klug, sie um einen Rat zu bitten. Es wird sich zeigen, inwieweit du diese Person richtig eingeschätzt hast. Vielleicht wird sie dir einen Spiegel vorhalten.

– Jeder Mensch hat einen Schatten, du auch. Versuche nicht, auf deinen Schatten zu treten. Versuche, furchtlos zu beobachten, wie dein Schatten auf deine Umgebung wirkt.

Im Laufe der Zeit ging Edwin dazu über, nicht mehr nur neue Regeln aufzuschreiben. Er begann darauf zu achten, ob er sie praktisch einhielt oder nicht. Am Ende einer jeden Woche machte er Inventur und hielt fest, in welcher Situation er gegen welche Regel verstoßen hatte. Allmählich entstand vor ihm ein realistischeres Bild seiner selbst.

Immer wieder trafen die beiden Freunde zusammen. Sie schlenderten durch einen herbstlichen Park, in dem die Kastanienbäume und die Linden schon wie gerupft aussahen. Die Wolken hingen wie füllige Plumeaus am Himmel, die Blätter liefen auf den Wegen Schlittschuh, segelten zwischen den zerknitterten Zeitungen und den rostigen Bananenschalen in die Abfalleimer.

»Ich habe eine Einladung zur Ausstellungseröffnung in der Galerie Ramthal. Zwei junge italienische Künstler, der eine ist Maler, der andere malt und fertigt eigenartige Objekte an. Ich gehe hin«, sagte Mario abschließend. Edwin äußerte sich nicht, war aber zur Eröffnung da.

Das war der Beginn ihrer gemeinsamen Streifzüge durch das Reich der Farbräusche, Pastellgesten, des angeritzten Strandguts aus dem unendlichen Arsenal der Werkwelt. Manche Künstler zeigten die wieder aufgenommenen Spuren dessen, was sie als Kind erstaunt, in Aufregung versetzt hatte. Bei Ausstellungseröffnungen gaben sich die Raben, die Paradiesvögel und die Waldohreulen ein Stelldichein. Die Produzenten selber standen oft da und horchten in den Wald hinein. Die Künstler hatten bisweilen Mühe, über ihren Schaffensprozess zu sprechen. Es war eben ein Prozess, der auf inneren Erlebnissen beruhte. Einigen Künstlern gelang es zumindest andeutungsweise, sich mitzuteilen, andere schienen das abzulehnen.

»Es ist häufig nicht mehr so, dass die Kunst nach Brot geht. Häufig bleibt offen, ob dies und das Kunst ist. Diejenigen Stücke, die in Galerien an Wänden hängen oder sonst wie im Raum arrangiert sind, werden in einer stillschweigenden Übereinkunft zwischen Besuchern und Schaffenden in diesem Zusammenhang für Kunst gehalten«, sagte Edwin.

»Das kann schon sein. Die Menschen können vielleicht nur mehr Mittleres hören und sehen, sind in gewissem Sinne in ihren Empfindungen gedämpft. Du weißt, was ich meine: die Überwältigung durch eine rasante Außenwelt. Das kann zu einer inneren Erblindung führen. Du bist pappsatt, hast aber Hunger«, erwiderte Mario.

Mit der Zeit lernten die beiden, das Gesicht einzelner Galerien zu erkennen. Dazu gehörte auch die Art von Publikum, die zu der einen oder anderen Galerie strömte. Und dazu gehörte auch, ob die Freunde und Kollegen des präsentierten Künstlers zahlreich da waren oder nicht. Es gab offenbar Eremiten unter den Künstlern. Sie lebten vielleicht die meiste Zeit des Jahres auf einer fernen Insel oder in einer asiatischen Großstadt. Das sind die, die die große Distanz brauchen, die nur aus dem Abstand heraus etwas hervorbringen können. Hermetische Kunst könnte man deren Hervorbringung nennen, eine Kunst, die man nicht verbrauchen kann. Edwin spürte, dass er sein Büro nicht durch ein wie auch immer gekauftes Kunstwerk ausstopfen wollte. Er musste noch warten, bis er seine Wohnung, die bisher nur eine Behausung war, mit den Spuren seines jetzigen Lebens gezeichnet hatte. Dann war Raum da. Das hieß auch, dass er einen Teil seines Lebens wieder an Plätzen verbrachte, die nichts mit dem Geschäft zu tun hatten. Dort, wo er den unverstellten Blick übte.

Er erwarb in einer kleinen Galerie ein merkwürdiges Objekt. Es bestand aus einem schmalen Holzkasten, an dem über längere Zeit durch Regen und Wind an vielen Stellen die weiße Farbe abgesplittert war. Innen war ein zerknäultes khakifarbenes Hemd befestigt. Im Gespräch hatte ihm der hochgeschossene Künstler gesagt, dass dies eine Erinnerung an seinen Aufenthalt in Israel vom Vorjahr sei. Dabei sei er in der Wüste Negev in Hitze und Trockenheit in Ausnahmezustände geraten: Leben, Verdursten, Leoparden, Skorpione, Kamele – alles tanzte durcheinander. Als er dort das nackte Gesicht der aufgerissenen, der sich auftürmenden Erde gesehen hatte und das Wasser knapp wurde, hatte er das khakifarbene Hemd getragen. Eine Art von Schatztruhe sei diese kahle Lade mit dem Hemd, wenn man so wolle. Der Zusammenhang, in dem das Hemd in der Lade für Edwin zu einem Kunstwerk wurde, war die Erzählung des Künstlers.

Der schlichte Kasten begann für Edwin seine verborgene Botschaft auszustrahlen: Begrenze dich und warte auf die Entwicklung des Unbegrenzten.

Nach einigen Monaten hatte Edwin mehrere Bilder und Objekte erstanden, die er in seiner Wohnung in einer Ecke stapelte. Die beiden Freunde hatten die Gewohnheit, von Zeit zu Zeit gemeinsam in einem Restaurant zu Abend zu essen. Mario hatte ein neues portugiesisches Restaurant, Coimbra, ausfindig gemacht.

»Was soll ich mit den Objekten machen, die sich bei mir von den ganzen Galeriebesuchen angesammelt haben?« fragte Edwin.

Auf Marios Nachfrage erzählte er, wie er dazu gekommen war, all dies anzuschaffen. Bisher habe er noch keine dauerhafte Beziehung zu seinen Objekten gewonnen. Sie lägen da, seien noch nicht aus dem Dunstkreis ihrer Erzeuger in seinen eigenen eingetreten.

»Sollen wir anschließend zu dir fahren und uns gemeinsam die Sachen anschauen?« fragte Mario, der darüber froh war, dass sein alter Freund sich ihm gegenüber wieder mehr geöffnet hatte. Der äußere Abstand zwischen ihnen war in dem Maße gewachsen, wie ihre Lebensentwürfe auseinanderzuklaffen begannen. Er, Mario, lenkte im Zuge seiner Studien in Archäologie, Ur- und Frühgeschichte seinen Blick immer mehr nach rückwärts, in die Bahnen der alten und ganz alten Kulturen. Edwin dagegen war fasziniert von den allerneuesten Konstruktionen für Menschen, Schiffen, Autos, Flugzeugen, Wassermassen und der Rolle, die er in zumindest einem Teil dieser Vorhaben anbahnend, koordinierend, kontrollierend spielte.

Als sie alles angeschaut hatten: die Kunstobjekte und die beiden Räume, die in Frage kamen, nämlich Edwins Schlafzimmer und den Wohnraum samt dem kleinen Flur, legten sie zuerst alle Gegenstände an den Wänden mit dem Gesicht nach unten auf den Boden. Die leeren Wände anschauen, ein Raumgefühl bekommen, das war wichtig. Anschließend nahm sich jeder nach Lust und Laune Objekte und probierte, wie sie an den Wänden wirkten. Sie konnten zu keinem Beschluss kommen und brachen die Aktion ab.

Am nächsten Tag kaufte Mario, der seine Zeit freier einteilen konnte, mehrere Schienen zur Befestigung an der Decke, wie sie in Galerien und Museen üblich sind: Mit Hilfe dieser Schienen kann man an jeder gewünschten Stelle mit Perlonschnüren

Bilder oder andere Objekte aufhängen. Sie brachten die Leisten an und begannen aufs Neue. Sie fanden heraus, dass sie nur weniges aufhängen sollten; der Rest kam ins »Depot« im Keller. Und sie würden gemeinsam alle vier Wochen Edwins Objekte umhängen.

Etwa zur selben Zeit begann Edwin nach einer Gruppe zu suchen, in der Konzentrations- und Meditationstechniken praktiziert wurden. Erschreckt stellte er fest, dass er eine aufsteigende Fahrigkeit, ja Zappeligkeit nicht mehr beherrschen konnte. Autogenes Training reichte nicht mehr, das hatte er ausprobiert. Er schloss sich einer Gruppe an, in der unterschiedliche Techniken von Paararbeit, Konzentration und Körperarbeit praktiziert wurden. Eine einzeln auszuführende Übung bestand darin, dass man etwa eine halbe Stunde lang auf einen kleinen Spiegel an der Wand schaute, der etwa 80 Zentimeter vor dem sitzend Übenden in Kopfhöhe an der Wand hing. Es kam darauf an, den Blick unentwegt auf den Spiegel zu richten. Und was ergab sich? Nach einer gewissen Zeit begann sich das eigene Konterfei im Spiegel zu verändern. Zu Anfang hatte man nur sein eigenes Gesicht gesehen, dann erschien ein Tierkopf oder irgendeine abstoßende Fratze. Ist das mein Schatten? fragte sich Edwin insgeheim. Jedenfalls ging es allen Gruppenteilnehmern so, dass sie amüsiert oder verunsichert bemerkten, dass ihr Auge irgendwie anders blickte als das Auge einer Kamera. Dass das entstehende Bild auch auf einer inneren Aktivität beruht. Und die kann mehr oder weniger stark und beständig sein.

Als die beiden ein weiteres Mal an die Vorbereitungen für eine neue private Ausstellungseröffnung gingen, indem sie abhängten, ins Depot schauten und neu aufhängten, hängte Edwin in seinem Schlafzimmer nur ein einziges kleines monochromes Bild auf: ein lichtblaues. Er achtete darauf, dass es in Augenhöhe hing, wenn er in einer Art von Meditationshaltung mit abgeknickten Knien davorsaß. Mario hängte im Wohnraum zwei Lithografien auf: die eine hatte etwas Geschlossenes an sich, die andere bestand in einer wunderbar leichten Krakelei.

Jeden Morgen setzte sich Edwin vor das Bild. Er wartete. Worauf wartete er? Er wusste es nicht, doch drängte es ihn, sich dorthin zu kauern und den Blick auf dieses Bild zu heften, solange er konnte. Im Laufe der Woche traten für ihn die feinen Schattierungen im Lichtblauen deutlicher und deutlicher heraus. Nach einer weiteren Woche kam er auf die Idee, das lichtblaue Bild innerlich zu erzeugen. Das war sehr schwer, zum Verzweifeln schwer. Er fand heraus, dass es entscheidend war, sich nicht zu zwingen, keine zu hohen Erwartungen zu haben. Und dass er beharrlich blieb.

Er merkte, dass er jetzt viel gelassener an seine Arbeit ging. Er fing an, seine Umgebung bewusst zu sehen. Er fing an, bewusst auszuwählen, was er sehen wollte und was nicht. Die Anstrengungen seiner Tätigkeit belasteten ihn weniger als früher. Ein bisschen jedenfalls war es ihm möglich geworden, den Wirbel seines täglichen Tuns auch von oben oder von außen anzublicken.

Wenn er am Ufer des Mains spazieren ging, sah er wieder den Vogelflug, hörte das Klatschen der Ruder im Wasser, bemerkte, wie die großen Flugzeuge in den Himmel aufstiegen und kleine gerollte Rauchschwaden hinter sich ließen.

Es war, als sie zum letzten Mal gemeinsam die »Ausstellungseröffnung« in Edwins Wohnung arrangierten:
»Auf Wiedersehen, mein Alter«, sagte Mario im Gehen.
»Ich denke, du brauchst in Zukunft meine Hilfe hierbei nicht mehr. Ich habe bemerkt, dass alle deine Sachen aus den Galerien einen neuen Glanz tragen. Es gibt Leute, die annehmen, die Blumen nährten sich auch von unserem Blick, der liebevoll auf sie fällt. Vielleicht geht es den Kunstwerken in manchem ähnlich? Das ist jetzt nicht so wichtig. Ich habe bemerkt, dass du immer mehr die stilleren Werke vorziehst. Ich gehe jetzt ins Spinky Ramirez. Dort bin ich mit Elsa Dufour und Jack Pawney zum Essen verabredet.«

(Edwins Tagebuch)

X ...

Konstruieren, bauen, kalkulieren, Risiken abschätzen. Ich gebe mich der Aufführung eines bestimmten Stückes hin. Um mich von mir abzulenken. Das Stück fesselt mich, ich gebe mich dem ganz hin. Im Wirbel zu sein, ist beruhigend, du liebst die Drehung.

Natürlich muss ich auch befehlen. Aber mit welchen Mitteln? Es mit der Hinterlist zu versuchen, ist mir zu billig. Gewalt stößt mich ab.

Befehle zu geben, »Tun Sie das, lassen Sie jenes«, bedeutet, bereit zu sein, sich täuschen zu lassen. Etwas in Gang setzen, jemanden motivieren, die Handlungsspielräume des Einzelnen achten, das freut mich. Es entsteht daraus etwas, mehr wie die Frucht der Bemühungen vieler, nicht etwas, was aus den Menschen heraus gewünscht wird.

Es ist mir nicht so wichtig, zu gewinnen. Wenn ich mitspiele, rechne ich damit, dass ich gewinnen, aber auch verlieren kann. Das Spiel ist mir lieb. Wovon es abhängt, dass der eine gewinnt, der andere verliert, bleibt im Grunde genommen trotz aller Kompetenz, aller Bemühung, unbekannt. Jeder spielt aus den Umständen seines Lebens mit. Jene Männer und Frauen, die »Erfolg haben«, scheinen auf diese Weise, die mir verschlossen ist, bei ihrem Aufstieg das hinzuzulernen, was für ihr Handeln erforderlich ist.

Ich bewundere jene eher mechanische Fähigkeit, das Nötige zu tun, um seinen Namen durchzusetzen. Dieses Zugehen auf die Welt, das vielleicht als instinktiv bezeichnet werden kann. Mir ist diese Fähigkeit verschlossen. Doch das stimmt nicht ganz: Ich habe mich dazu hinerzogen, indem ich in extremen Situationen die Niederlage, das Ausrutschen vom Brett in meine Art von Kletterkünsten verwandelte. Wovor ich mich immer noch fürchte: die Einsamkeit auf dem Gipfel.

Ich habe Sehnsucht nach jenen strahlenden blauen Augen, den ungleichen Händen, die ich küssen möchte. Der zögernde Gang, die Wendung des Kopfes. Das ungewollte Streifen der Arme.
X ...
Mich zieht die Stärke an, und zwar nicht die offensichtliche, sondern die verborgene. Ich sehe, dass viele Menschen den Anschein von Schwäche erwecken. Gerade dann ist es mir wichtig, eine insgeheime Stärke zu vermuten. Lernen, die Vorstellungen langsam aufzulösen. Beobachten, wahrnehmen können. In Gelassenheit zuhören. Menschen als Kunstwerke ansehen. Gute Kunstwerke sind vielfältig interpretierbar.

Ich glaube, mit meinem Widerstand ist es vorbei. Ich habe mich nicht nur eingefügt, ich erkläre mich innerlich einverstanden. Ich merke es nicht, wenn mich die Umstände zum Narren halten. Ich möchte doch immerhin weiterspielen können. Spielen heißt, keine Wahl treffen zu müssen. Das Spiel hält mich in Atem, gibt mir das Gefühl, dass ich lebe.

Herr M. bläst sich auf. Ein Wichtigtuer, der nach Titel, Vermögen, Orden giert. Herr N. hält sich im Hintergrund, bleibt zugeknöpft. Er besteht darauf, die Fäden insgeheim zu ziehen. Ich dachte lange Zeit, ich sei ehrgeizig. Ich habe mich getäuscht. Statt mich um die Meinung der Leute zu kümmern, achte ich immer mehr darauf, was ich bei dieser und jener Arbeit empfinde, wie sich meine Hände, meine Füße, kurz: alle meine Glieder anfühlen: warm oder kalt. Ich habe meine Wärme wieder entdeckt. Ich will mich danach richten und immer mehr das tun, was mich innerlich freut. Ein Tun, das sich als Aufgabe erweist, die zu mir gehört. Ohne Umstände, ohne Klatschen von außen.

Allerdings gibt es hierbei keine absolute Wahrheit. Auch keine bodenlose Dummheit. Es kommt auf den Standpunkt an, den der Einzelne einnimmt. Darüber lässt sich schlecht diskutieren. So viele Leben, so viele Standpunkte.

X ...
Ich bin früh aufgewacht. Gestern Abend habe ich den Duft der Bäume vor meinem Fenster eingeatmet, die Laternen am Himmel betrachtet. Vielleicht hat mich das etwas benommen gemacht. Ich liebe das flutende und das von fern schimmernde Licht. Dann vergesse ich für einen Moment, dass ich allein bin. Ausgesetzt dem ständigen Pulsieren dieser großen Stadt, dem Zittern und Dröhnen im Hintergrund.

Gern ziehe ich meine Anzüge an. Sie sitzen bei mir wie angegossen. Ich habe eine ganze Schublade voller Krawatten. Sie bringen Farbe in meine Gestalt. So gekleidet, muss ich weniger Mimik machen. Meine Ausstattung trägt mich an den Tagen, an denen es schlechte Nachrichten gibt, durch das aufgeregte Rudern im Nebel.

X ...
Allmählich halte ich es hier nicht mehr aus.

X ...
In der Galerie Benze, in die ich in letzter Zeit häufiger gehe, kam ich mit einem Künstler ins Gespräch. Er dürfte etwa so alt sein wie ich, war viel offener als ich das beim ersten Blick auf seine gewaltige Mähne, sein energisches spitzes Kinn vermutet hatte. Er gab mir eine Kopie eines kleinen Manifests, das er vor kurzem verfasst und an viele Stellen versandt hatte. Ich füge es in mein Tagebuch ein:

»In eigener Sache:
 Vor wenigen Jahren noch hätte ich es nicht gewagt, mich einen Maler zu nennen. Aber ich bin es, wenn ich mich auch anderer als der herkömmlichen Mittel bediene.

Worum ist es mir in den letzten Jahren gegangen? Um meine Bemühungen, in meiner eigenen Galerie, der Galerie am Feuerwehrhaus, zu den Ausstellungen die erforderlichen Erzeugnisse herzustellen und den Katalog zu verfassen. Es gab zwei Sorten von Ausstellungen:

Zum einen die analytisch-kritischen Ausstellungen, die sich mit speziellen Problemen der aktuellen Gegenwartskunst und den dazugehörigen kulturellen Institutionen befassen; zum anderen gab es Ausstellungen, die darauf hinwiesen, was die Möglichkeiten und Aufgaben einer neuen Art von Volkskunst im Gegensatz zur professionellen Avantgardekunst sein können.

Ich habe in den vergangenen Jahren viele Bilder gemalt. Doch wenn ich darüber nachdenke, so habe ich stets das gleiche Thema bearbeitet: Ich habe Bilder über das Malen gemalt. Vielleicht stehe ich mit meinem Schaffen in einem Strom, dem als erster Max Ernst mit seinem Bild »Der Surrealismus und die Malerei« von 1942 das Bachbett bereitet hat. Doch erwähne ich das nur so nebenbei, natürlich will ich mich in meiner eigenen Arbeit nicht auf diese oder jene Tradition berufen. Der Maler hat seinen Weg zu gehen. Er spürt, was heute aktuell ist, was die Avantgarde darzustellen hat. Der zentrale Antrieb hinter meinen Ausstellungen war der Wunsch nach einem neuen Bild vom Künstler: dem Künstler auf der Höhe der Zeit.

In den wichtigen Bereichen der modernen Industriegesellschaften wie Wirtschaft, Politik und Wissenschaft lässt sich ein mehr oder weniger rasanter Wandel feststellen, der beständig zu Neuorientierungen, zur Veränderung der Werte führt. Es ist der Glaube an die Innovation. Ihm zu Grunde liegt der alte Fortschrittsglaube: dass alles immer besser wird. Diesem Glauben an die Innovation ist auch die moderne Kunst verfallen. In wenigen Jahrzehnten hat sie ihr Experimentierfeld rasant ausgeweitet. Es zeigt sich seit längerem, dass diese Entwicklung nicht nur nicht unbedingt zum Besseren führt, sondern viele Fehlentwicklungen verursacht. Es kommt darauf an, wieder sehen zu wollen, dass die Kunst auch Konstantes zu geben hat. Der Künstler in seinen Anfängen wird sich natürlich dem Experiment verschreiben, wenn er jung und vital ist. Experimente machen ihn offen für Kreativitätsschübe, lassen ihn etwas wagen.

Der selbstbewusste Künstler, der wachsam auf die gesellschaftliche Wirklichkeit schaut, um das Arsenal seiner Themen ständig zu vergrößern, kann in den traditionellen Bereichen Malerei, Zeichnung und Skulptur doch die Mittel finden, um seine Sicht, die nicht nur seine ganz individuelle ist, ins Bild zu bringen.

Das sind dann nicht mehr zum Beispiel Bilder über das Malen, sondern Bilder, die einen Beitrag zu zentralen Themen der Zeit geben wollen.

Schließlich meine ich, dass die Malerei dafür besonders geeignet ist, denn die notwendige Dualität von Bewahren und Erneuern ist ihr Wesen; sie ist einfach in dem Sinne, dass sie jedem potenziell zur Verfügung steht. Als differenziertes Wertesystem ist sie vor allzu großer Beliebigkeit geschützt.

Noch immer ist der Maler allein für sein Geschaffenes verantwortlich. In seinen Werken drückt er aus, was er persönlich erlebt und gedacht hat. In den kulturellen Institutionen hat er die Möglichkeit, das von ihm Geschaffene wirksam zu veröffentlichen und zu verbreiten.

N.«

5. Kapitel

Edwin hatte viele Geschäftsreisen zu machen. In dieser Zeit jedoch reiste er verstärkt an Orte, an denen er versuchte, mehr zu sich zu kommen.
 Stets war Lissabon melancholisch, Neapel aufgewühlt, Wien selbstmitleidig. Warschau war ebenso traurig, wenn auch auf andere Weise, wie Prag. Rom war immer ewig, New York rasant.
 Mario, der ihn erreichen wollte, hatte kein Glück. Im Geschäft fiel allmählich auf, dass Edwin so oft abwesend war. Doch er vermied alle Erklärungen. Edwin schien in der Ferne zu suchen. Er war unter der Hand zu einem echten Heimatlosen geworden, der auf seinen Reisen in die Lust und das Wogen der großen Städte eintauchte. Dann vergaß er, wer er war. Von Zeit zu Zeit schrieb er Briefe, um sich zu entschuldigen.

Mario erhielt eines Tages folgenden Brief:

Mein lieber Mario!
                                        Cinque Terre, im Juni

Einszweidrei im Sausewind … schreib' ich dir, so schreibst du mir. Ich langweile mich, du langweilst dich. So strömt die Zeit. Ich entschuldige mich, unsere Treffen … Doch eins steht fest, wir haben köstlich im Restaurant Kanton in der Eberwalder Straße gespeist. Ich glaube, du warst nicht besonders hungrig. Sonst hättest du es nicht ausgehalten, dass dir ständig der Reis von den Stäbchen fiel. Es hat vielleicht deinem Magen gut getan, dass er sich nur langsam füllte.

Im Regal in der Bücherei fand ich einen etwas veralteten Reiseführer über Oberitalien. Ich schlug ihn auf gut Glück auf:

»Wenn du den Sonnenuntergang über diesen Klippen gesehen hast, bist du betrunken von der Harmonie eines Klangs, in dem Wasser und Himmel ineinander verschwimmen.«

Ich fuhr sofort in meine Wohnung, packte Zahnbürste, Schuhanzieher und einen Gürtel ein.

Mit Svenja fuhr ich im Taxi zum Bahnhof. Der gute Odin, ich habe ihn nicht mehr angerufen. Er hat mich neulich versetzt, wo er doch sonst immer pünktlich ist. Er hat kein Recht darauf, seine Gewohnheiten so plötzlich zu ändern. Vielleicht werde ich ihm auch schreiben. Mal sehen. Also Svenja kam mit mir zum Bahnsteig. Sie und ich, wir versuchten, unsere Freundschaft zu klären. Ich hielt ihre Hand, die sie nicht zurückzog. Wir erreichten den Schlafwagen, ich hatte ein Zweierabteil. Es ertönte dieses Piep piep piep, die Türen schlossen sich. Ich öffnete ein Fenster, lehnte mich hinaus. Obwohl dort in mehreren Sprachen stand, man solle sich nicht hinauslehnen. Ich bin kein Kind mehr. Svenja stand da, winkte. Ich konnte ihren Blick nicht erforschen, winkte ihr zu, bis der Zug in eine leichte Kurve einbog. Im Abteil lächelte mich mein Mitreisender an, wahrscheinlich ein Koreaner oder ein Philippino. Er sprach in einer Sprache, die zischte und dampfte. Könnte Malaiisch gewesen sein. Ich beherrsche diese Sprache nicht. Ich hatte immerhin Glück, dass ich das Abteil nicht mit einem Buschmann zu teilen hatte: Dann hätte ich über den Schnalzlauten wahrscheinlich kein Auge zugetan. Wir haben uns lächelnd geeinigt, dass ich das obere Bett nehme. Weil ich so gern Leitern hochklettere.

Müde war ich noch nicht. Da ging ich in den Speisewagen. Setzte mich an einen Tisch, an dem ein einzelner dunkelhaariger Herr saß. Er sah mich freundlich an, machte eine einladende Geste. »Selbstverständlich«, sagte er. Ich verstand, dass ich Platz nehmen konnte. Er war sorgfältig gekleidet, sogar mit Pochette-Taschentuch auf der rechten Seite. Wir konnten uns ein wenig auf Französisch unterhalten. Er war wohl auf der Durchreise. Der Kellner und das Serviermädchen hatten einige Mühe, die Speisen und Getränke bei der Fülle der Gäste durch den Gang zu lavieren. Jedenfalls wurde bei niemandem etwas über die Manschettenknöpfe geschüttet. Allmählich reckten die meisten Gäste die Hälse, blickten an unseren Tisch. Ich war erstaunt, dass ich so bekannt sein könnte. Doch dann merkte ich, dass die Blicke meinem Gegenüber galten, einem offenbar berühmten argentinischen Diplomaten. Es war ihm unangenehm. Er bot mir eine Zigarette aus einem silbernen Etui an, ich griff zu. Benson & Hedges, sagte er und bot mir Feuer aus seinem silbernen Feuerzeug an. Wir sprachen dies und das, von Zeit zu Zeit zeigte er seine schönen Zähne. Im Gegenzug lud ich ihn zu einer Prärie Oyster ein, die mir selbst den Hals ankratzte. Jedenfalls musste ich husten, so daß sich wiederum alle Hälse wendeten.

So saßen wir da im rollenden Fortschritt der Schiene: Die Bierflaschen auf den Tischen klirrten nicht mehr in ihren Messingringen. Man kleckerte in den Kurven viel weniger als früher. Von Zeit zu Zeit blickte ich am Gegenüber und am Omelett vorbei: Durch den Gang kamen energisch rudernde, dann leicht schwimmende Gestalten, Jugendliche mit der Leichtigkeit von Skate-Board-Fahrern, endlich eine ältere Frau, die sich vorsichtig herantastete. Wir saßen da, und draußen durch die getönten Scheiben flog die Landschaft vorbei. Berge, Hügel, kleine Seen, zerzauste Bäume, ein paar lauernde Krähen. Nun, dachte ich unwillkürlich, wann werden wir durchstarten? Ich erwartete, dass wir am Ende der Rollbahn in die Lüfte gleiten würden. Die Geschwindigkeit schien auszureichen. Doch meine Vernunft sagte mir, es sei jetzt unsinnig, an einen Flug über die Alpen zu denken. So wie wir dasaßen, wir hatten ja keine Gurte, um uns anzuschnallen. Zum Beispiel. Und wer weiß, vielleicht würde es mir gefallen, in diesem Schnellgleiter hier durch den St.-Gotthard-Tunnel zu rutschen. Ich verabschiedete mich von meinem Speisewagenkameraden mit einer eleganten französischen Wendung. Ich glaube, es war ihm recht, er schien mehr und mehr in sich zu versinken.

Ich kam ins Abteil, mein Schlafzimmergenosse war gerade bei seiner Abendtoilette, die er mit dem Zähneputzen würdig abschloss. Durch die Scheibe sah ich, dass wir allmählich in

Schweizer Gegenden kamen. Die runden Häuser waren viel runder, die eckigen viel konsequenter eckig. Mein Nachtkamerad bot mir plötzlich eine Hand voll Sonnenblumenkerne an, die ich dankend entgegennahm. Aber wohin sollte ich die Schalen spucken? Er hatte vorgesorgt und gab mir eine leere Tüte. Die blies man auf und versuchte, mehr oder weniger geschickt, die Luft darin zu halten. Dann galt es, so wies er mich ein, die Schalen in den kleinen Trichter zu spucken, der sich oben bildete. Und sie dann sachte durchfallen zu lassen. Es war nicht zu vermeiden, dass ich mehrere Schalen auf sein Bett, das untere, spuckte. Dafür entschuldigte ich mich ausführlich, klaubte sie wieder auf. Doch das schien ihn zu stören, das war offenbar sein Bezirk. Schließlich war ich soweit, nachdem ich eilends die Leiter erklommen hatte, die Schalen, die nicht in die vorgehaltene Tüte trafen, auf mein statt auf sein Bett zu spucken. Ich fing an zu schnaufen, denn die Aluminiumleiter war steil.

Während wir noch so weiterspuckten, machte einer die Tür auf, einer mit Mütze und Brustband. Nein, das stimmt nicht, ein Brustband hatte er nicht, das hat nur der Bahnhofsvorsteher. Er hatte, wenn ich mich richtig erinnere, eine grüne Uniform mit silbernen Knöpfen an. »Haben Sie etwas zu verzollen?« und tausend andere Fragen. »Wo fahren Sie hin? Fahren Sie nach Mailand oder Neapel? Warum fahren Sie?« Ich begann damit, ihm Gegenfragen zu stellen: »Warum haben Sie eine Mütze auf? Haben Sie einen Hund zu Hause? Ihre Hose ist zerknittert: Wo waren Sie die letzte Nacht?« Wir setzten unsere Frage- und Antwortspiele sicher eine Viertelstunde fort. Es schien ihm zu gefallen. Vielleicht hatte er einen kleinen PC zu Hause, den er jetzt mit neuen Fragen füttern würde. Nur mit dem Herrn von unten war es schwieriger, denn der verstand kein Schweizerdeutsch, auch kein Italienisch. Der Arme musste seine Koffer, seinen Schalenkoffer öffnen. Drinnen fand sich außer einem Anzug und etwas Wäsche fast nur zerknülltes Zeitungspapier. Man sah es sofort, darin, in diesen Zeitungsstücken hatte etwas gesteckt, was er möglicherweise nach Frankfurt gebracht hatte. Aber was? In wessen Auftrag? Der in der Uniform gab es auf, nachdem er sich niedergebeugt und seine Nase richtig in den Koffer getunkt hatte. Doch das hätte er vorher wissen können: Wer erkältet ist, kann kaum was riechen, auch im Dienst nicht. So ließ er uns zurück in unsere Träume sinken.

Ich hatte geglaubt, in meiner Koje, von imitiertem Palisanderholz umgeben, schlafen zu können. Doch das ist kein richtiger Schlaf in einem Schlafwagen. Der Hals wird zur Stange, zur Schienenstange, der ganze Körper gerät in leichte Vibration. Vor dem Zubettgehen hatte ich nicht versäumt, neben meinen Kleidern auch meine Glieder sorgfältig zu falten und an dem Kleiderhaken hinter die steile Leiter zu hängen. So lag ich da, die Eisenstange mit dem Kopf darauf. Ich hatte, wie in den anderen Nächten, meine von meiner vorletzten Freundin gestrickte Mütze auf dem Kopf. Aus Prinzip. Doch die von der gleichen Dame gestrickten Socken hatte ich ausgezogen und zu meinen gefalteten Gliedern gelegt. Und zwar genau. Der Schlaf, das ist mehr ein Schwimmen auf dem leichten Gewässer aus Schienen, Eisenbahnwagen und Regen. Wie ein Korken schwimmt man da. Ab und zu hält der Zug an, dann verschwinden die Wellenbewegungen. Mit einem Ohr hört man das Piep piep piep, das leichte Knallen der Türen. Die beleuchteten Bahnhöfe gleiten mit ihrem sanften Schein vorbei. Dann die ersten kürzeren Tunnelschläuche. Der Untere wendete sich hin und her. Vielleicht hat er noch ein bisschen nachgespuckt mit seinen Sonnenblumenkernen.

Es wurde langsam heller. Da lag der prachtvolle Comer See. Und endlich: Ich sah das Domgebirge von Mailand! Schnell musste ich meine Sachen zusammenpacken, mich von meinem Sonnenblumen-Bettnachbarn verabschieden, den Zug nach Cinque Terre ergattern.

Ein Ort, der mich mit Glitzern und Hingegebensein aufnimmt. Der Reiseführer hatte mich auf die richtige Fährte gesetzt. Ich stolpere aus dem Zug, finde ein schönes Zimmer. Hier endlich ausruhen. Die Glocken läuten, auf der Straße treffen mich einige Rufe. Ist etwas passiert? Die Kühe kom-

men von den Bergen herunter, gemächlich, immer noch kauend. Ich ziehe den Vorhang auf. Jemand hat die Wolken fortgezogen. Der gelbe Ball steht oben, ich greife meinen Hut. Das Meer morgens, mittags und abends: ein ewig wechselndes Farbenspiel. Vielleicht entdecke ich Segelboote. Oder Wasserskifahrer, die am Seil in die Lüfte steigen. Sie hängen an einem kleinen roten Schirm.

Länger will ich hier nicht bleiben. Ich denke an Frankfurt, ich denke an Svenja. Was wird sie tun, wenn ich weg bin? Diesen Brief schreiben. Ihn einwerfen. Ich denke an dich.
Edwin

Mehr und mehr zog es Edwin vor, er selbst zu sein, sich von dem Geflecht der an ihn gerichteten Erwartungen zurückzuziehen. Dafür brauchte er Abstand, Ruhe. Seine vielen Reisen hatten doch immer den Charakter von Fluchten. Was er suchte: Selbstversunkenheit. Er wollte niemanden mehr hören, niemanden mehr sehen. Er passte sich nicht mehr an. Er wollte sich von den Spiegeln befreien. Edwin wusste, dass er ihrer müde war. Aber weil er zu schwach war, gab er sich alle Mühe, zu einer Übereinstimmung mit seiner Umgebung zu kommen. Die Mitte zwischen den Erwartungen an ihn und den eigenen Ahnungen (die er einst als eine Lebensregel in sein Heft eingetragen hatte) konnte er nicht erringen.

Sein Gefühl des Überdrusses wurde ihm immer unheimlicher. Er befürchtete, zu unterliegen, nichts mehr aus eigener Kraft zu empfinden. Er befürchtete, nie mehr zu Kräften zu kommen, zwischen die Mühlsteine aus Job und Ansprüchen zu geraten. Fern von Frankfurt kopierte er sein eigenes Selbst als einen Anfang. Endlich hatte er wieder Zugang zu sich. Endlich war er frei von den Spiegeln. Er fand streckenweise zu sich zurück.

Diese Erfahrungen machten es möglich, dass Edwin sich selbst erkannte. Er wusste auf einmal wieder, was er verlassen hatte. Durch die Erfahrung der Freiheit erleichtert und wieder lebhaft, trauerte er sich nach. Gleichzeitig befürchtete er, dass ihn jemand überholen könnte. Dann gab er sich wieder seinen vielfältigen Aktivitäten als Geschäftsmann hin. Und wieder fühlte er sich gefesselt. Was war er? Worin drückte sich seine eigene Handschrift aus? Er warf sich Kraftlosigkeit vor, wenn er sich ausruhen wollte. War er denn ein Feigling?

»Ich bin wie eine Billardkugel, die immer wieder gegen die Bande rollt«, sagte Edwin zu Mario, als sie sich zum Abendessen in einem Restaurant auf der Bockenheimer Landstraße trafen. Es war einer jener zähflüssigen Sommerabende, an denen die Luft wie Schlehensirup daherfließt und die Hitze an den Hausecken steht. An solchen Abenden kommt es zu Eingeständnissen ohne Zorn und Eifer wie bei Edwin. Er führte sein Weinglas immer wieder an der Oberlippe entlang, um hervorzustoßen:

»Ich bin an jedem Ort von neuem ruhelos. Ich weiß nicht, was ich tun soll.« Und nach einigem Zögern:

»Bin ich in Lissabon, habe ich Sehnsucht nach der kühlen Klarheit von St. Petersburg. In St. Petersburg verzehre ich mich nach dem glänzenden Traumgebilde auf der Lagune. Und auf der Piazza San Marco steigt in mir die robuste Skyline der Mainmetropole auf.«

Edwin gestand an diesem Abend seine Ohnmacht ein: dass er sich nicht festlegen konnte.

Edwin stürzte sich in sein Frankfurter Leben mit all seinen Aktivitäten. Er war dort geschäftig, ohne doch leben zu können. Er hatte kein Leben, jedenfalls keines, das Freiheit, atmete. Er ahnte, dass er eines Tages dieses getriebene Leben, in dem er sich den Ruf eines gewieften Geschäftsmannes erworben hatte, verlassen musste.

6. Kapitel

Frankfurt, genauer gesagt das Stadtviertel Wendenhausen, war zu einer Brutstätte der Literatur geworden. Einer Literatur, die sich als modern und kulturübergreifend verstand. Kulturübergreifend wollte und musste man sein: Im Norden ging es um das Überleben der Menschheit in einer erträglichen Umwelt. Im Süden um die Befreiung von Hunger, Not und Unwissenheit. Wer zur Avantgarde zählen wollte, musste seine Fantasiekräfte immer wieder zum Spiegel werden lassen: Seevögel, die vor der Küste Islands im Ölfilm verenden, Kinder, die in der Sahelzone verhungern, das Elend von Slumbewohnern in Sao Paulo – all das ging im Schriftsteller um.

In den literarischen Cafés und Restaurants. von Wendenhausen wurde die (bevorstehende oder erwünschte?) Hochzeit der Literatur mit der Politik gefeiert. Auch Edwin und Mario waren oft hier zu sehen. Sie fanden sich bereit, Literaten dieser modernen Bewegung zu sein. Sie glaubten zu bemerken, dass sich die Künste in Wendenhausen der globalen Probleme der Menschheit annahmen. Da waren neben Schriftstellern auch bildende Künstler und Komponisten. Diese Initiative hielten beide für eine wichtige Aufgabe der Kunst. Fast alle Aktivisten der Wendenhausener Szene waren überzeugt, dass der Zuschauer von den heutigen visuellen Medien mehr und mehr abgestumpft wird: Die rasant eingeblendeten Bilder kleiner oder großer Unglücksfälle seien in dieser Geschwindigkeit nicht zu verarbeiten. Der Zuschauer schotte sich ab, fühle sich »erschlagen«. Es brodelte, flirrte und pulsierte in den Cafés. Gruppen bildeten sich, man plante Projekte, Beiträge für Anthologien wurden gesucht. Fast jeden Monat entstand eine neue Zeitschrift: da tönte es »Wir ... wir ... wir«. Es gab naive und zynische Künstler. Einige waren überzeugt, es komme darauf an, einen Skandal zu verursachen.

Immer wieder versuchten einzelne Künstler, ihr Ansehen in die Waagschale zu werfen und widerstrebende Köpfe bei einem Projekt zusammenzuhalten. Besonders Roger Parsinke, ein liebenswürdiger weißhaariger Dichter von hagerer Gestalt, setzte sich für eine neu zu gründende Zeitschrift, »Im Frühtau«, ein. In ihr sollten nicht nur poetische Antworten auf aktuelle Umwelt- und Naturkatastrophen gedruckt werden. Die Zeitschrift könnte vielleicht ein literarisches Worldwatch-Magazin werden, hoffte man. Es gelte nicht nur, in der Art alttestamentarischer Propheten zu mahnen und von der Schrift an der Wand zu sprechen. Nein, wichtig sei es, das Publikum durch Naturlyrik und naturalistische Kunst aus früheren Zeiten wieder sehen zu lehren: wie unendlich mannigfaltig ist doch die Natur. Die Natur, zu der wir mit einer Seite unseres Wesens gehören.

Roger Parsinke setzte sich in den Versammlungen wieder und wieder dafür ein, die Situation des Publikums zu verstehen. Es werde jeden Tag von der Flut an Meldungen erschlagen. Hier könne die Bilderkraft der Sprache, ebenso wie plastische Darstellungen, Zeichnungen oder Klänge, dazu beitragen, das Bewusstsein des Publikums zu wecken. Manchmal nannte es Parsinke die volkspädagogische Aufgabe der Literatur. Edwin und Mario fühlten sich zu dieser Art von Schreiben hingezogen: So könne die Selbstbezogenheit der rein ästhetischen Lebensform überwunden werden. Man hoffte, dass das Publikum durch das Erlebnis des Schönen zu einer neuen Verantwortung gegenüber der Natur erwache.

Mario fühlte sich durch dieses Programm in seiner Schaffenskraft gesteigert. Besonders deshalb sprach es ihn an, weil es nie mit dem Pathos eines Manifests vorgetragen wurde, sondern immer in Nebensätzen anklang. Er drängte Edwin dazu, Roger Parsinke zu zweit in seiner Wohnung aufzusuchen. An einem warmen Sommernachmittag kamen sie dorthin, brachten ihre neuesten Beiträge für die Zeitschrift mit. Parsinke lächelte einladend. Legte ihre Blätter zu den anderen auf einen großen Tisch. Dort und auf mehreren niedrigeren Tischen stapelten sich Manuskripte und Bücher zu einer papierenen Hügellandschaft. Bevor man in Parsinkes Arbeitszimmer gelangte, ging man durch einen nicht allzu langen Flur. Es gab keine Möbel im Flur, er war jedoch sorgfältig beleuchtet. An den Wänden hingen mittelgroße bis große Spiegel, wie man sie von Lachkabinetten auf Jahrmärkten kennt: Der Besucher wurde in die Länge gezogen, zusammengepresst, verwackelt und so fort. Parsinke, der mit schnellen Schritten zum Arbeitszimmer gegangen war, amüsierte sich über das mal herzhafte, mal gepresste Lachen seiner jungen Besucher. Vermutlich war dieser Flur für Parsinke eine Teststrecke: hier schied er unter den neuen Besuchern die humorvollen von den sauertöpfischen oder eitlen. Er war ein Dichter, den man in der Öffentlichkeit kannte. Auf diese ungewohnte Manier wusste er sich vor Wichtigtuern zu schützen.

»Ja, ich bin mir darüber im Klaren«, sagte Parsinke, »dass wir Schriftsteller und anderen Künstler mit recht stumpfen Waffen antreten, wenn wir für den Fortbestand der Natur und einer lebensfreundlichen Umwelt kämpfen.«

»Aber wir bringen unsere Sprachkraft mit. Für den, der Ohren hat, ersetzen wir Quantität durch Qualität«, sagte Mario. »Die Kraft unseres Einsatzes für die Erde, wird schließlich auf unser Publikum wirken.«

»Ja schon«, sagte Parsinke, »aber vergesst nicht, dass die meisten Menschen zunächst von ihrem Alltag aufgesogen werden. Erst danach kommt das Allgemeininteresse. Und manche Umweltkatastrophen, die man uns in den Medien zeigt, nähren das lähmende Gefühl: du kannst doch nichts machen!«

»Ich glaube, es ist wichtig«, sagte Mario, »dass wir mit unseren Erzählungen, mit unseren Romanen die geheimen Quellen von Zukunftshoffnung, Glauben, Mitgefühl mit den Menschen in den armen Gebieten der Erde, Mitleid mit der Kreatur wieder freilegen.«

Im Laufe des Gesprächs entdeckten die beiden Freunde in Roger Parsinke immer mehr einen Schriftsteller, der sich in den Kämpfen seines Lebens einen inneren Bezirk geschaffen hatte, der nur ihm gehörte. Auf ihn konnte er sich immer wieder zurückziehen. Trotz längerer oder kürzerer Unterbrechungen war es ihm immer wieder geglückt, aus diesem inneren Kern heraus produktiv zu sein. Jetzt war er bereit, sich mit dieser Fähigkeit der neuen literarischen Bewegung und insbesondere der Zeitschrift »Im Frühtau« zur Verfügung zu stellen. Als nächsten Schritt dachten sie an Gespräche am Runden Tisch sowie an Podiumsdiskussionen zwischen Politikern und Künstlern aus der Bewegung.

Die Zusammenkünfte der nächsten Zeit waren sehr lebhaft. Manchmal wurden die Gegensätze so heftig, dass die Gefahr neuer Grabenkämpfe auftauchte. Dann gab sich Parsinke viel Mühe, einen Ausgleich zu finden. Seine publizistische Erfahrung, seine Verbindlichkeit, seine Wärme gaben oft den Ausschlag.

Mario lieferte regelmäßige Beiträge ab. Er hatte sich unter den ungewöhnlichen Herausforderungen freigeschrieben. Edwin kam oft zu den Treffen der Wendenhausener Szene. Oft verließ er die Stadt. Sein Büro vernachlässigte er mehr und mehr. Man konnte nicht mehr von Reisen sprechen, denn er gab keine Zielorte an. Es waren Abwesenheiten, die mehr und mehr auffielen. Auch Edwin gelangen mehrere Beiträge für die Zeitschrift, die angenommen wurden.

Mario spürte, dass er durch die enge Zusammenarbeit mit Parsinke seiner eigenen Identität als Schriftsteller immer sicherer wurde. Es lag ihm nicht, Skandale in die Welt zu setzen (ganz abgesehen davon, dass es kaum noch etwas gab, was die Leute in Erstaunen versetzte). Er strebte keine formale Virtuosität an, er suchte nach einer Art des Schreibens, die die Kunst ins Leben einbezieht und nicht als einen besonderen Bezirk ausgrenzt. Es kam vor, dass Roger Parsinke unwissentlich Fragen beantwortete, die Mario gerade in sich bewegte. Mario wurde Parsinkes Sekretär. Sie entwarfen gemeinsam das Konzept für ein Haus der Künste in Wendenhausen. Hier sollten die neue literarische Bewegung, die Redaktion der Zeitschrift »Im Frühtau« und andere Initativen ihren neuen Ort haben. Im literarischen Stadion waren die früheren Langstreckenläufe mit dem Pulk an mittleren Dichter-Läufern, der hart umkämpften Spitze vor dem Finish und den abgehängten Läufern mit Seitenstechen oder Fußverletzungen seltener geworden. Die Tumulte und das, was früher Skandale gewesen wäre, erregten kaum mehr Aufsehen. Die Arbeit im Haus der Künste hatte nichts Spektakuläres an sich. Versammlungen mit Beiträgen von Politikern fanden nur noch selten statt. Kam es zu solchen Gesprächen, dann wurden sie von Politikern und Künstlern bestritten, die Schaukämpfe mit dem Aufwühlen oberflächlicher Emotionen vermieden.

Ohne Zweifel war es wichtig, derartige Versammlungen und Konferenzen sachlich fundiert vorzubereiten. Auf die Atmosphäre hatte die Persönlichkeit Roger Parsinkes nicht unbeträchtlichen Einfluss. Er sprach wenig, eröffnete aber den anwesenden Politikern und Künstlern mit seinen Worten häufig eine neue Tür zum Thema, und wenn es nur eine Luke war. Man brachte ihm Achtung, ja Liebe entgegen.

Edwin fand keine Kraft zur beständigen Mitarbeit. Man sah ihn häufiger in den Cafés bei einem Berg von Zeitungen (die er nicht las). Ohne Scheu hörte er aufmerksam den Gesprächen der anderen Cafébesucher oder dem Klatsch der Kellner zu.

Eines Abends, der Himmel war sternenklar, traf sich Edwin wie früher mit Mario zum Essen in einem neuen griechischen Restaurant. Sie saßen im Garten an einem der weißen Tische zwischen den Kieswegen. Sie sprachen von alten Tagen: zum Beispiel davon, wie sie sich als Schüler im Lokal den Spaß gemacht hatten, aus der Farbe und dem Schnitt der Kleider von Gästen auf deren Eigenheiten, deren Temperament zu schließen. Sie hatten ihre eigene Farbpsychologie entwickelt. Sie hatten Geschick entwickelt, mit den Fremden ins Gespräch zu kommen. Sie versuchten, herauszufinden, ob ihre Annahmen zutrafen oder nicht. Dieses Spiel war unterhaltsam.

Über den Kiesweg kam eine hochaufgeschossene, schwarzhaarige junge Frau mit regelmäßigen schmalen Gesichtszügen und schlankem Wuchs. Sie trug ein schwarzes Wollkleid, darüber einen stahlblauen glänzenden Mantel mit einem auffällig breiten hoch stehenden Kragen. Der Mantel bestand aus synthetischem Material, er glänzte im Licht in changierenden Farben. Die junge Frau, die beschwingt dahergekommen war, drückte sich nicht in irgendeine Ecke. Sie setzte sich an den nächsten Tisch hinter Mario und Edwin.

»Los, versuch's mal wieder!« zischte Edwin seinem Freund zu. Der überlegte kurz, ob sowas denn noch zu seinem jetzigen Alter, seiner neuen Aufgabe als engagiertem Schriftsteller gehöre, dann siegte in ihm der Spieltrieb.

»Darf ich Sie mal etwas fragen?« wandte er sich in betont höflicher Form an die blaue Dame. Sie schwieg, lächelte aber freundlich zurück. »Mir haben Ihr Kleid und Ihr Mantel gefallen, als Sie über den Kiesweg herüberkamen. Immer wenn uns, wir sind alte Freunde, die Kleidung von Gästen in irgendeiner Weise auffällt, versuchen wir, uns darüber Gedanken zu machen.«

»Dann interessieren Sie sich für Mode, vielleicht für die Haute Couture, kann das sein?« entgegnete die Dame am Nebentisch. Sie hatte neben etwas Gebäck einen sehr starken Aperitif bestellt.

»Ja, so ähnlich«, sagte Mario, »aber wir interessieren uns auch für Mythologie und Gestalten aus Musik und Literatur. Deshalb möchte ich fragen, ob Sie die Königin der Nacht kennen.«

»Da muss ich nachdenken, irgendwie habe ich von ihr gehört. Aber ich komme jetzt nicht darauf«, erwiderte die junge Frau. Sie war neugierig geworden.

»Sie stammt aus Mozarts Oper »Die Zauberflöte«. Dort ist sie als Königin der Nacht die Gegenspielerin des Priesters am Heiligtum des Sonnengottes Sastro. Die Königin der Nacht ist die Herrscherin des Mondenreiches. Sie ist herrschsüchtig und verschlagen. Sie möchte erreichen, dass ihre Tochter Pamina der Sphäre des Sonnenpriesters entzogen und von Tamino ihr wieder in die Mondsphäre zugeführt wird«, erklärte Mario.

»Und warum erzählen Sie mir das alles?« fragte die blaue Dame etwas unwirsch.

»Häufig hat die Königin der Nacht Kleider von eben der Form und Farbe an wie Sie in diesem Augenblick«, sagte Mario.

»Da haben Sie mir nicht gerade ein Kompliment gemacht, junger Mann!« sagte die Dame nach einer kurzen Pause.

»Es tut mir Leid, ich wollte Sie nicht beleidigen, aber meine Fantasiekräfte sind so stark, dass mich manchmal die Bilder und Vergleiche überfallen«, erwiderte Mario.
»Sind Sie vielleicht künstlerisch tätig?«
»Ja, ich versuche mich im Schreiben … Darf ich Sie nochmal etwas fragen?«
»Ja, ich bin jetzt einiges von Ihnen gewohnt«, sagte die blaue Dame.
»Waren Sie sehr ärgerlich, hatten Sie einen Streit hinter sich, als Sie diese Kleider anzogen oder kauften?«
Die blaue Dame trank mit einem raschen Zug den Rest ihres Aperitifs aus.
»Ich möchte darüber nicht sprechen. Sie werden das verstehen. Ich muss in dieser Zeit sehr kämpfen, damit nicht das, was ich mir über lange Zeit hinweg aufgebaut habe, in Stücke zerfällt. Was Sie an mir sehen, habe ich heute Nachmittag in einem Underground-Geschäft gekauft. Ich versuchte damit, Abstand zu gewinnen, Farben statt Worte sprechen zu lassen. Verstehen Sie es nicht falsch, aber ich muss jetzt gehen.«
Damit stand die junge Frau auf, sie rollte mit den Augen. Knirschend entfernte sie sich über den Kiesweg. Erst in diesem Augenblick bemerkten die beiden, dass sie ihr volles schwarzes Haar hinten in Rastalocken gebündelt hatte.
»Du warst sehr geschickt und um Höflichkeit bemüht«, sagte Edwin.
»Ja schon, aber wir sind nicht mehr die Grünschnäbel von damals. Jetzt sind wir Männer geworden. Wir können uns diese Spiele nicht mehr erlauben. Man erwartet jetzt anderes von uns«, erwiderte Mario.

Je mehr Mario als Parsinkes Sekretär im Haus der Künste zu den Ausdrucksformen und Themen fand, die der Bewegung dienten und ihn als werdenden Schriftsteller befriedigten, je mehr ihm all das gelang, desto eher war er in der Lage, in seinem Studium der Archäologie und der Ur- und Frühgeschichte voranzukommen. Er konnte jetzt messen, zählen, wägen, weil er diese Methoden jetzt nüchtern anwandte. Mario hatte die für ihn passenden, sich ergänzenden Betätigungsfelder gefunden: im Schreiben erfinden, in der Forschung entdecken.

Edwin wurde wieder unstet. Er verschwand für Wochen, ohne dass jemand seinen Aufenthaltsort kannte. Plötzlich tauchte er wieder auf, schien wieder der alte Edwin zu sein: Geschäftsmann, Hansdampf in allen Gassen, Schriftsteller.

(Edwins Tagebuch)

7. Juni
Das neue Stadtviertel Wendenhausen war mir lange Zeit verdächtig: Es roch mir zu sehr nach eilfertigen Stadtplanern und ihrem bürokratischen Tross. Diese prunkende und blitzende Beliebigkeit! Wo sind die Spuren früherer Generationen? Aber ich habe es begriffen: die Geschichtslosigkeit ist ein Erbe der Bombennächte des Zweiten Weltkrieges. An uns ist es, auch an uns Schriftstellern, hier zu neuem Leben in den architektonischen Ensembles beizutragen. Die Versammlungen, Lesungen, Aktionen, Installationen – all diese Ereignisse mit ihrem Chaos, ihrer Schönheit erfüllen die Räume mit Leben. Die umgeschriebene Geschichte dieser Räume. Und wenn es mit Graffiti an den Wänden anfängt! Menschen, die vielleicht in ein eintöniges, herabwürdigendes Leben gezwängt sind, finden hier zum ersten Mal die Möglichkeit, öffentlich etwas von sich auszudrücken. Etwas, das andere beachten.

Seit kurzem verkehre ich in den Cafés und Restaurants von Wendenhausen. Die Menschen, die ich beobachte, mit denen ich ins Gespräch komme, sind auf irgendeine Weise auf der Suche. Wonach suchen sie? Nach einem dichteren Leben, nach herausfordernden Begegnungen.
  Kurz: Sie wollen näher an sich herankommen, an ihr Ich mit seinen verborgenen Seiten.

12. Juni
Mein erster Gedichtband ist herausgekommen. In einem

unbekannten Verlag, ich kann kaum mit Rezensionen rechnen. Einige Freunde, denen ich das Bändchen gab, sagen mir freundliche Worte. Einer wollte einen Artikel in einer Zeitung schreiben. Ob er das macht? Ungeduldig warte ich auf mein Publikum, und sei es noch so klein.

Da ich mich jetzt mit meinem Büchlein ausgewiesen habe, gelange ich leichter in die inneren Kreise der Wendenhausener Literaturszene. Jetzt spiele ich das Spiel mit wechselndem Einsatz mit: Kopf oder Zahl, langes oder kurzes Hölzchen. Gespielt wird in Zeitungs- und Zeitschriftenredaktionen, in Lektoraten, bei Herausgebern von Anthologien, in den Wohnungen bekannter Schriftsteller.

20. Juni
Mein Leben ist ruhelos. Ob es abenteuerlich ist, weiß ich nicht. In letzter Zeit bin ich wieder auf der Flucht. Aber vor was, vor wem?

Ich befasse mich mit abenteuerlichen Lebensläufen. Vielleicht finde ich heraus, wonach sie schmecken: Christoph Kolumbus, Richard Francis Burton, Henri Dunant, Henry Stanley, Fridtjof Nansen, Simone Weil ... Wahrscheinlich ist es treffender, vom Meistern des Schicksals als vom abenteuerlichen Leben zu sprechen. Dem Meistern liegt die frei gewählte Selbstverpflichtung zu Grunde. So viel kann ich jetzt sehen.

29. Juni
Zusammen mit Mario bin ich bei Parsinke, dem großen Parsinke, gewesen. Er hatte uns in seine Wohnung eingeladen. Das macht er anscheinend selten. In seinem spiegelnden Lachkabinett haben wir uns unversehens gebogen, aufgebläht, geschrumpft gesehen. So vergeht die Schönheit der Jugend ... Wir haben es lachend aufgenommen, das war unser Glück. In Parsinkes Wohnung türmten sich Zeitschriften und Manuskripte auf den Tischen. Als Schmuck standen gläserne und metallene Vasen auf Tischen und Regalen. Die Wände waren mit Bildern gespickt. Der Raum hätte ein

Labor, eine Glasbläserei oder der Kultraum eines okkultistischen Bundes sein können. Zu unserer Überraschung hatte Parsinke von unseren bisherigen Veröffentlichungen fast alles gelesen. Bei uns beiden spüre er den richtigen Atem, keine Schnörkel; bei mir sehe er eine unverhohlene Schärfe. Die Temperamente seien verschieden, man solle zu seinem eigenen stehen, meinte Parsinke. Die Kunst beginne jenseits von Schönfärberei oder verdammendem Urteil. Die Schönheit einer Schale mit Früchten, des Treibens der Wolken im Wind zu sehen, damit beginne die gesteigerte Aufmerksamkeit. Die Maschinenwelt nüchtern sehen: sie weder besingen (wie die Futuristen damals) noch sie dämonisieren. Also eher eine lyrische Grundstimmung? Nein, ich glaube, er meinte: die Dinge neu sehen wie ein erster Mensch. Der unverstellte Blick. Merkwürdig, in Parsinkes Nähe fühlte ich mich gesteigert, innerlich in meinen besten Seiten ergriffen.

2. Juli
Bin ich wie eine Wildgans, die auffliegt, ihren Schrei ausstößt und andere Schwestern anlockt, die hinter ihr herfliegen und die Formation bilden? Oder bin ich ein Wildpferd, das dumpf in der Herde daherstampft? Ein dichtender Geschäftsmann aus der Baubranche, was für ein gemischtes Wesen ist das denn? Es kommt mir vor wie ein Mensch, der in Tiefseetaucherausrüstung auf Froschfang geht. Es gibt in meinem Leben einen Spagat, der mich zu zerreißen droht.

10. Juli
Oh, diese Versammlungen der schreibenden Zunft! Man kommt zusammen, um wieder auseinander zu gehen. Oder umgekehrt. Man hat nicht einmal die Zeit sich zu etwas zu entschließen oder sich zu überwerfen. Da ist die Gruppe um Barkelmann. Er, ein gesetzter Mensch mit schmalen Schultern, spricht wenig, ist aber unter seiner Verschlossenheit exaltiert und in die jeweils bevorstehende Initiative vernarrt. Häufig versucht er, durch seine Anhänger zu wirken. Von der Gruppe um Barkelmann hört man: »Wir gründen …, haben erfahren …, schlagen vor, bekräftigen, beanspruchen, setzen

durch!« Auch Parsinke mit seiner Fähigkeit, in den Menschen ihre besseren Möglichkeiten anzusprechen, einfach durch die Art, wie er zuhört. Auch Parsinke ist manchmal verzweifelt über diesen Grad an Fassadenwischerei. In dem Handgemenge denkt niemand mehr ans Publikum. Diskussionen ohne Anfang, ohne Ende laugen mich aus. Es ist zu viel effektvolle Täuschung dabei.

22. Juli
Eine neue Zeitschrift wird zu Stande kommen. Sie soll »Die Mandel« heißen. Parsinke konnte für das dreiköpfige Redaktionsteam gewonnen werden. Ich glaube, dass die Konstellation günstig ist. Man wird einen bereits fertigen Essay von mir abdrucken, man hat mich um einen weiteren Beitrag gebeten. Ein gewisser Beilerbeck, ein Büromöbelhersteller, konnte als Mäzen für die Zeitschrift gewonnen werden. Beilerbeck, ein jovialer, beleibter Mann, der wie ein Arsenal von Zigarrenkisten riecht, gefällt mir. Ein großzügiger Mensch, der als Jugendlicher versucht hatte, eigene Gedichte und Kurzgeschichten bei Zeitungen unterzubringen. Dann aber kam er, ein gelernter Schreiner, vom Stuhl über den Schreibtisch zur Sesselecke: alles gut gearbeitete Möbel. Er hat auf seine Weise zur Geburt der fröhlichen Bürolandschaft beigetragen. Jetzt will er durch Spenden unsere Zeitschrift unterstützen. Beilerbeck drängt sich nicht in den Vordergrund. Andere an seiner Stelle hätten sich vielleicht in einen Verlag eingekauft.

Im Unterschied zu mir hat sich Beilerbeck entschieden: Ich, Jens Beilerbeck, bin Geschäftsmann. Von meinen Erlösen werde ich Schriftsteller unterstützen, deren Werke ich für wichtig halte. Ich jedoch, Edwin K., strampele mich immer noch ab, das Rad für den Bau von Straßen, Plätzen, vielleicht Staudämmen mitzudrehen. Ein anderer Teil von mir spitzt die Feder …

28. Juli
Ich bin darauf aus, über die Wendenhausener Versammlun-

gen auf dem Laufenden zu bleiben, will das Neueste wissen. Zudem will ich die Nase vorn haben, wenn es um Geschäfte in der Baubranche geht. Ich kann all das nicht durchhalten, mir sausen die Ohren.

Oder: Ich schwimme im Meer. Regelmäßig durchatmen, kein Wasser schlucken, Edwin! Ach, ich sehe einen Archipel vor mir: ist er schön? Ich weiß es nicht. Birgt er Bodenschätze? Ich weiß es nicht. Ich muss weiterschwimmen, die Wellen rollen.

Und dann: Ich lasse mich gehen. ich lasse fallen, was an mir fallen will.

7. Kapitel

»So kann ich nicht weitermachen!« Mit immer wieder diesem Gedanken wachte Edwin morgens auf. Oder er schreckte nachts damit hoch, konnte nur schwer wieder einschlafen.
In der Tat konnte er so nicht weitermachen.

Der Sommer ging vorbei, ohne dass sich die Blätter im strömenden silbernen Spätsommerlicht gelb, orange und dann braun färben konnten. Herbststürme bliesen, rüttelten an Fensterläden und Papierkörben, knickten jüngere Triebe um, trieben Dachpfannen auf die Fahrbahn. Schwarze Wolken schoben heran, ergossen sich in großen Kübeln auf Straßen und Hinterhöfe. Edwin, der Nässe und Kälte verabscheute, strich nachts ziellos durch Frankfurt.
»Ich lebe in einer verrückten Welt«, sagte er zu nächtlichen Zechkumpanen, die er in den Kneipen traf. Keiner widersprach ihm, jeder hockte über seinem eigenen Fusel, sann in seinem eigenen Dusel. Edwin schlief kaum noch, behauptete, auf seinen nächtlichen Streifzügen kämen ihm die klarsten Gedanken.

»In den frühen Morgenstunden ziehst du umher, zutrauliche Katzen streifen an deine Hosenbeine, du spürst das Pochen deines Herzens. Du atmest tiefer ein als sonst. Bilder steigen in dir auf, die in eine Zeit vor deiner frühesten Erinnerung zurückreichen. Du spürst den neuen Tag in einem feinen Windzug«, sagte Edwin zu Mario.
Der besuchte ihn in seiner neuen Wohnung. Edwin wohnte jetzt in einer kleinen Wohnung in der Nähe des Ostparks. Den einzigen größeren Raum hatte er mit einer Stellwand abgeteilt: die eine Hälfte diente ihm als Büro, die andere war seine Privatgalerie. Das Büro quoll über von gestapelten Papieren, aufgeschlagenen Büchern, verknickten Kladden und kleinen metallenen

Spielzeug. Beispielsweise gab es kleine Kugeln, die an Drähten an einem Rahmen wie Schaukeln aufgehängt waren; andere Kugeln hingen an kleinen Ketten an einer beweglichen runden Deckplatte, so daß man das Ganze mit einer Kurbel wie ein winziges Kettenkarussell in Bewegung setzen konnte. Es gab auch Geschicklichkeitsspiele für die Hand.

»Ich habe eine portugiesische Raumpflegerin, musst du wissen. Ihr habe ich ausdrücklich verboten, meine Papiere anzurühren. Sonst trägt sie die Sachen von links nach rechts, und ich finde nichts mehr wieder«, erklärte Edwin. Infolgedessen lagen weite Teile seines »Büros« unter einer alles umhüllenden Staubschicht.

Die »Galerie« war übersät mit Drucken, Reproduktionen von Bildern (die Bilder, die er früher einmal besessen hatte, waren verschwunden) und Installationen. Die Installationen bestanden aus bunten Kieseln, ungefärbter Schafswolle, Placken von Seetang, Stücken alter Schiffstrossen, einer gegerbten Gamshaut nebst Gehörn und einer Hekatombe verbogener blecherner Löffel. Die Löffel blinkten in grellen Farben. Vermutlich waren sie mehrmals in Büchsen mit verschiedenen Farben getunkt worden – so wie man den Docht viele Male in flüssiges Wachs taucht, um Kerzen herzustellen. Als Mario die Installationen befühlte, fand er heraus, wie die Materialien in ihren eigenwilligen Formen zusammenhielten. Überall steckten Kletten jeder Größe dazwischen. Es gab wenige kleine Kletten und große, ja übergroße. Vielleicht waren die Riesenkletten von Elefantiasis befallen, da war er sich nicht sicher. Die Installationen sprangen derartig in die Augen, dass man nicht umhin konnte, sie zu befühlen.

Die beiden ließen sich auf ausklappbaren Stühlen in der Galerie nieder.

»Ich erkenne deinen alten Geschmack nicht mehr wieder, mein Lieber«, sagte Mario. »Du wohnst hier, wenn ich das mal aus meiner Sicht benennen darf, in einer Mischung aus Raritätenkabinett und Papierfriedhof.«

»Ich habe mir abgewöhnt, darüber nachzudenken, in was ich wohne«, erwiderte Edwin, der in seinem eigenen Brüten zu versinken schien.

»Ich fühle mich mehr und mehr ausgewrungen in dieser verrückten Welt. Vielleicht habe ich zu viele Träume, denen ich wie ein Amokläufer nachjage. Ich schaue diese Träume vor mir, aber ich übersah das Leben um mich herum. Oft träume ich nachts diesen Traum, dass ich mitten in einem langen Tunnel stecke, atemlos den Ausgang zu erreichen suche und Angst vor dem nächsten Zug habe. Vor dem Zug, der mich zerquetschen wird, und ich weiß nicht, wann er kommt. Jedesmal wache ich nach diesem Traum schweißüberströmt auf.«

Edwin hielt inne.

Sie schwiegen lange, Edwin stand auf, ging zu der Stelle, wo das metallene Spielzeug stand. Er spielte alle Teile durch, dass es vibrierte, klingelte und pochte.

»Rien ne va plus. So kann ich nicht weitermachen«, sagte er mehr zu sich selbst als zu seinem alten Freund.

Mario blieb noch eine Weile. Sie sprachen über das Neueste aus der Wendenhausener Literaturszene, aber ohne Überzeugung. Mario spürte, dass Edwin auf der ganzen Linie heruntergekommen war, dass bald etwas passieren würde. Er ahnte, dass er nichts ausrichten würde, wenn er sich ungefragt mit einem Rat anböte. Edwin musste selber mit den Fragen beginnen. Doch Edwin hielt es immer noch für wichtig, die Fassung zu bewahren, versuchte jeden Anflug von Verzweiflung mit schwarzem Humor zu überspielen.

»Es gibt Situationen, da musst du hoch reizen, um mitzuhalten, mein Lieber!« sagte Edwin in der Tür.

Die Pose des Gelassenen überzeugte nicht.

Abends ging Edwin wieder auf Trebe. Er besuchte diesen und jenen, aber seine Freunde wurden weniger und weniger. Es kam immer wieder vor, dass er in einer Runde plötzlich aufsprang: »Hier ist jemand im Raum, der uns gegen den Strich kämmen will. Dieser saubere Herr fängt sich eine von mir, wenn er sein Spiel fortsetzt!«

Niemand verstand Edwin, er ließ sich auch nicht beruhigen. Er kämpfte gegen imaginäre Feinde, beharrte auf der Autorität seiner inneren Erlebnisse. Seine Zukunftshoffnungen, sein Unternehmungsgeist hatten ihn früher in Gang gehalten. Warum sollte er jetzt seinen inneren Bildern misstrauen? Auf die Dauer begannen die Menschen, von ihm abzurücken: Er war nicht mehr der Edwin der köstlichen Einfälle, des schlagfertigen Witzes – nein, er war unberechenbar, verstiegen und in vielen Dingen halsstarrig geworden. Und seine unerwarteten Wutausbrüche schnitten die Luft entzwei: man konnte kaum mehr atmen.

Edwin schien nicht zu bemerken, dass viele seiner Kameraden und Freunde auf ihn mit einem Stirnrunzeln reagierten. Einem Stirnrunzeln, das Gesicht und Oberkörper ergriff und von den Beinen abwärts erst bei den Zehen verebbte. Oder sie schauten weg. Edwin weigerte ich, sich einen Spiegel vorhalten zu lassen. Wenn er einem Spiegel vertraute, dann der ruhigen Oberfläche eines Sees. Hier fand er sich eingebettet, fand sich wunschlos.

Eines Morgens, der Wind trieb die letzten Blätter unbarmherzig vor sich her, erhielt Mario einen Einschreibebrief. Sofort erkannte er Edwins Handschrift.

Mein alter Mario,
Eene beene, Miezekatz, jetzt such' ich mir ein' neuen Schatz. Eene beene Mäusespeck, und ich bin weg. Du hast vielleicht geahnt, dass ich fortgehe. Jetzt bin ich fort. Meine erste Station ist der Vordere Orient. Und war ich lang, im Heuteland, mit Mienz und Maunz und manchem Tand, so zieht es mich ins Morgenland.

Während ich dies schreibe, bin ich schon ein gutes Stück weg von der alten Stadt am Main. Sie wird immer jünger, seit Jahren wetteifert sie mit den Skylines der Neuen Welt. Aber warum erwähne ich das? Ich spüre jetzt, dass ich vieles, was ich dort sammelte, zurückgelassen habe. Mein kleines Stahlspielzeug, die wollig-stachligen Installationen. Meine Bücher, die mit leisen Stimmen sprechen, Schriftsteller, die ich kenne, verstorbene Meister, die kleinen Aquarelle – vieles lasse ich zurück. Meine herrlichen Freundinnen und Freunde. Ihr wer-

det meinen Weggang vielleicht nicht verstehen. *Was soll ich dir sagen? Es geht mir gut, es geht mir schlecht. Es hätte mir schlechter gehen können, oh wenn ich doch an jenem Abend im letzten Frühling auf das seltsam scheppernde Schlagen der Turmuhr geachtet hätte. Die Dinge, vor allem die Tiere, haben uns etwas zu sagen: Wenn wir unsere Ohren öffnen.*

Ich glaube, dass ich wieder einer Zukunft entgegengehe. Meine Gegenwart war lange genug die von verblühten Agaven. Ich will meinen Körper, die Sehnen und Muskeln wieder spüren. Ich will wieder spüren, will nicht nur in Gedanken leben, die zeit- und raumlos dahinschwirren. Ich suche ein Land, in dem ich mit der Kraft meiner Hände (bei all ihrer Schwäche) arbeiten kann. Da wird es einen See, eine Bucht geben, eine Baumgruppe und den gestirnten Himmel über mir. Wenn ich dort gewohnte Tierlaute höre, so soll mich das anstacheln. Zu solchen Plätzen werde ich gehen, und ich werde keine Adresse haben.

Wo ich jetzt bin, denke ich an meine Lieblingsgeräusche in unserer Stadt: das Tuten der kleinen Dampfer, das Schreien des Pfaus im Zoo, das Gurren der Tauben am Bahnhofsplatz. Hier höre ich das Pfeifen der alten Dampflokomotiven. Es erinnert mich an meine Kinderzeit, wenn ich ins Bett gebracht wurde und lange Zeit wach dalag. Morgen früh fährt mein Zug, um zehn vor sieben, ich warte schon darauf.

Bin ich auf der Flucht? Ich weiß es nicht, ich spüre weder Hass noch Widerwillen. Ich lasse Menschen und Dinge, die mir lieb sind, zurück. Das schmerzt. Doch im Laufe der Zeit treffe ich meine Wahl: Ich werde mich an das erinnern wollen, was mit meinem Kern zu tun hat. Das Unwichtige werde ich davonflattern lassen. Ich kann nichts besitzen, außer meiner Erinnerung. Dann werde ich nicht mehr meine Arme an den Oberkörper pressen, die Knie an mich ziehen, mir mit dem Hemdsärmel den Schweiß abwischen: Ich spüre schon jetzt, wie die Angst nachlässt. Jenseits der Betongebirge fühle ich mich auf sachtere Weise mit der Welt verbunden.
In unserer Stadt bin ich gehetzt auf- und abgelaufen, immer

auf der Jagd nach dem Schimmer. Hier fühle ich wieder den Boden unter mir. Ich hätte Lust, einige Nächte eingemummt in einer Erdspalte zu verbringen.

Und doch kenne ich die Gründe meiner Abreise nicht. Wahrscheinlich wollte ich entkommen, aber wem? Ich ahne, dass ich mir die Zukunft wieder erschließen wollte. Meine Muße sagt mir, dass mein Entschluss richtig war. Wenn ich Enttäuschte zurücklasse, sage ihnen, dass ich ihnen allen viel verdanke, aber in einer Aufwallung fort musste. Ich weiß nicht, was vor mir liegt, ich warte ungeduldig darauf. Morgen früh fährt mein Zug, ich sagte es schon.

Mein Lieber, ich werde nichts mehr schreiben, was diese oder jene Redaktion für gut befindet oder nicht. Die Wörter rufen mir zu: »Geh weg, schweig still!« Doch das rufen sie nur mir zu. Du, dessen Begeisterung für das Schreiben fundierter ist, du solltest auf jeden Fall weiterschreiben.
   Sich häutend, dein Freund Edwin

Drei Monate später erhielt Mario einen Brief von den Philippinen mit dem Poststempel von Baguio. In dem Brief lag eine Fotografie. Die Fotografie zeigte einen mittelgroßen kräftigen Mann mit dunklen Augen. Er trug Arbeitskleidung, stand vor einer Holzhütte. Tropische Pflanzen waren schemenhaft am Rand zu sehen. Der Mann wirkte ernst, trug einen kurzen Bart und hatte eine altmodische geschwungene Pfeife im Mund. Zu seinen Füßen lagerte ein Hund mit struppigem Fell. Der Mann war Edwin K. Auf der Rückseite standen ein paar Sätze, die Schrift war verwischt. Mario schrieb einen Brief nach Baguio. Eine Antwort erhielt er nie, der Brief kam auch nicht zurück.

Lieber ferner Edwin,
wer auch immer mir diese Karte, diese Fotografie geschickt hat, ich meine dich darauf zu erkennen. Du hast sie mir geschickt. Edwin, als ich dieses Schummerbild vor mich auf den Tisch legte, merkte ich, wie brennend ich dich wieder fin-

den möchte. Wie mit Schaufeln durchwühle ich all die Jahre, die wir uns kennen. Wir sind miteinander daherspaziert, wir haben uns mit zwinkerndem Blick beobachtet. Hatten wir etwas voreinander zu verbergen?

Ich sehe dich vor mir. Wenn es stürmte, lachtest du, wenn es stürmte, warst du traurig, weintest du, wenn es stürmte, stieg der Zorn in dir hoch. Wenn wir dahergingen auf den Straßen von Frankfurt, uns in Nebensächlichkeiten verloren, vergaßen wir das Wetter, die Leute. Du konntest plötzlich bemerken, dass man uns anstarrte, belächelte, den Kopf über uns schüttelte. Dann konntest du aufwallen, mit einer Frage wie mit einem Messer auf die Glotzer zugehen. Oder du wendetest den Kopf in die gleiche Richtung wie die Zuschauer, als ob von dort etwas Erstaunliches, Seltenes käme: eine Montgolfiére, ein Fallschirmspringer, ein Ufo.

Der Himmel, von dem du oft sprachst: du wolltest das Sternenmeer studieren, die Sternbilder kennen lernen. Doch bei unseren nächtlichen Streifzügen durch Frankfurts Straßen hattest du die Sterne vergessen. Wir zogen meist durch unbekanntere Viertel, du achtetest auf Passanten, streunende Hunde, seltsame Geräusche neben dem Trappeln unserer Schuhe oder dem trommelnden Regen, du horchtest in die Stille hinein, vergaßest alles um dich herum. Wir kamen in meine Wohnung, du warfst Mütze und Schal in den Einkaufskorb, legtest die durchnässten Handschuhe auf das Mufflongehörn über der Heizung, warfst den Mantel irgendwohin und dich auf die verschossene Ottomane. Wir tranken aufs Neue deinen geliebten friesischen Tee mit Kluntjes. Wenn du einige Tassen des dampfenden Gebräus in dich hineingeschüttet hattest, sprangst du auf und zur Bibliothek. Von der Bibliothek sprangst du auf den Balkon, vom Balkon zur Ottomane zurück. Du versankst in Schweigen, sagtest: »Ich bin auf einmal todmüde!«

Waren wir in einem unserer Cafés, konnte es sein, dass du mit Nachdruck, ja mit Begeisterung über eine Ausstellung, deine neue Erzählung, dein neues Stück sprachst und ich darunter deine Enttäuschung spürte. Kam ein Bekannter, ein Kollege herein, sprangst du sofort auf und redetest mit dem gleichen Überschwang auf ihn ein: »*Man hat mir gesagt ..., man hat mir geschrieben ...*« *Wenn der andere erwiderte:* »*Mir hat man aber gesagt ..., geschrieben*«, *dann erlosch im gleichen Augenblick dein Interesse.*

Wir gerieten einmal in eine türkische Teestube, in die uns ein freundlicher Mann mit grauem Haar eingeladen hatte. In dem Raum hörte man vielfältiges Zwitschern und Tschilpen. Als wir zur Decke schauten, sahen wir dort an die hundert Vogelbauer mit verschiedenfarbigen Ziervögeln hängen. Das Lokal gehörte einem türkischen Verein für Singvogelliebhaber. Der freundliche Herr erklärte dir auf deine endlosen Fragen die verschiedenen Arten, deren deutsche Namen er gut kannte. Er wusste Vögel geschickt zum Singen anzuregen. Du warst von dieser erstaunlichen Vogelbauerwelt angeregt. Es kam dir nicht in den Sinn, darauf zu achten, wie weit mein Interesse an den Vögeln ging. Als wir weiterzogen, sagtest du, du könntest Vogelstimmen nur schwer ertragen.

Ich habe dir nicht gesagt, wie sehr mich deine willkürliche, selbstbezogene Unterhaltung gelangweilt hat. Doch ich treffe hier immer wieder Menschen, die nicht mehr bereit sind, deine kleinen Schwächen hinzunehmen. Es ist ihnen aufgefallen, mit welch unnachahmlicher Unbefangenheit du kommst und gehst. Denke einmal daran, in welch feiner Weise es Roger Parsinke zustandebringt, dass sich Menschen öffnen. Das kommt daher, dass er so wohlwollend zuhört.

An einem strahlenden Sommertag gingen wir in einem Park spazieren. Du sprachst über irgendwelche Einzelheiten (es waren fast immer Einzelheiten), die deine Aufmerksamkeit erregten: »*Ich habe einen Container-Lastzug gesehen. Seine Farben waren Türkis und Blau. Der Fahrer, bei der Hitze nur im Unterhemd, hatte sich ein nasses türkisblaues Frotteehandtuch um den Kopf gebunden. Das fand ich hinreißend!*« *Wir gingen wortlos ein Stück weiter, bogen in einen Weg ein. Du schautest lange einer Frau nach. Nicht, weil sie dir gefiel,* sondern weil aus ihrem Stadtrucksack ein Staubwedel aus bunten Daunenfedern herausschaute.

Warum ich dir das alles schreibe? Um dich wieder hierher zu holen. Hast du schon angefangen, Frankfurt zu vergessen? Vielleicht bist du weggegangen, um leichter vergessen zu können.

Es kann sein, dass du fröhlicher und aufrichtiger als wir alle bist. Doch du hast Angst, das spüre ich.

Kann es sein, dass eine solche Freundschaft, ein solcher Grad an Übereinstimmung in Schweigen endet? Zwischen uns und unserer Erinnerung steht das Vergessen wie eine Klamm, in die sich das Wasser tiefer und tiefer eingräbt. Ich sehe dich auf den Straßen Frankfurts, du lächelst dein Lächeln, beständig wie Einatmen und Ausatmen. Du gehst im zögernden Morgenlicht am Ende eines nächtlichen Streifzugs. Wir trinken unseren Tee. Wir stehen am Ufer des Mains, die Enten flüchten hastig. Ist das alles Vergangenheit, die du abschneidest? Bedeutet dein jetziges Leben im Busch für dich Zukunft: wenn du morgens aufstehst in deiner Hütte, dir auf dem Gasbrenner ein einfaches Frühstück machst und zur Arbeit in den wuchernden Wald gehst?

»Ich begegnete einem Touristen«, schreibst du auf der Rückseite deines Bildes, »mit dem sich gut sprechen ließ. Kein Gaffer. Ich bat ihn, mich aufzunehmen.«

Ich danke dir für deine Zeilen und das Foto. Es tut mir Leid, dass meine Antwort so langatmig ausgefallen ist. Es grüßt dich herzlich dein alter Freund Mario

In den folgenden Monaten erhielt Mario noch zweimal Post von den Philippinen: neue Fotografien mit wenigen Sätzen auf der Rückseite. Auf der einen fällte Edwin einen Baum, auf der anderen hockte er hinter einem Tisch voller Holzskulpturen. Er hatte sie selber mit dem Beil zugehauen und geschnitzt.

Danach kam kein Lebenszeichen mehr.

Inhalt

Vorwort 7

1. Kapitel 9

2. Kapitel 24

3. Kapitel 40

4. Kapitel 50

5. Kapitel 64

6. Kapitel 71

7. Kapitel 83